セシル文庫

上司と激愛

～男系大家族物語４～

日向唯稀

イラストレーション／みずかねりょう

上司と激愛　～男系大家族物語4～◆目　次

兎田家
父
兎田 颯太郎 (39)
シナリオ作家。
亡き妻の分まで
大家族を守っている
次男
双葉
高校二年
生徒会副会長
三男
充功
中学二年
やんちゃ系
四男
士郎
小学四年
高 IQ の持ち主
長男
兎田 寧 (20)
西都製粉株式会社に
高卒入社した 2 年目
営業マン
五男
樹季
小学二年
小悪魔系
七男
七生 (1 才後半)
兎田家のアイドル
六男
武蔵
幼稚園の年中さん

男系大家族 兎田家とそれを取り巻く人々

鷲塚 廉太郎 (24)

寧の同期入社。
企画開発部所属

隼坂

双葉の同級生。
風紀委員長

鷹崎 貴 (31)

西都製粉株式会社の
営業部長。
姪のきららを引き
取っている

エイト

エリザベスの子供

エリザベス

兎田家の隣家の犬。
実はオス

鷹崎きらら

幼稚園の年中さん
貴の姪

上司と激愛

～男系大家族物語4～

プロローグ

九月も下旬に入った週末のこと。

俺、兎田寧《とだひとし》は勤めて二年目になる西都《せいと》製粉株式会社・東京支社のビルの前で、いつになく緊張して立っていた。

「――――はい。すみません。まだ来ないんです。父さんに限って、遅刻はないと思うんですけど」

〝いや、謝らなくていいって。仮に遅れてきたとしても慌てる必要はないから、走ったりしないようにな。子連れで怪我でもしたら大変だから〟

「はい。わかりました。ありがとうございます。では、また後ほど」

社内から電話してくれたのは、俺の上司で第一営業部の鷹崎貴《たかさきたかし》部長。

かれこれ交際を始めて五ヵ月近くになろうという十一歳年上の男性で、家族公認とはいえ、世間様には絶対秘密の俺の恋人だ。

「はぁ。約束の時間は十一時。父さんなら余裕を持って、三十分前には着くように家を出てると思うんだけど、もう十分前か。どうしたんだろう？　何かあったのかな？」

俺はスマートフォンをスーツのポケットにしまうと、駅に続く歩道を眺めた。

会社があるのは西新宿のオフィス街。高層ビルが建ち並ぶ土地柄で、交通量も多い。特に会社の前の大道路を行き来する車の量には、ため息が漏れる。

普段は「オフィスドラマの撮影現場みたいだ」なんて浮かれて通っているが、いざ子供を連れて歩いたときに安心できる場所かと聞かれたら、そうではない。

視界の七割が空と緑のベッドタウン、都下にある自宅周辺に比べたら不安しか起こらない土地柄だ。

ここへ一歳八ヵ月の七男・七生《ななお》を連れてやってくるとなったら、過保護と言われたところで、俺は心配で仕方がなかった。

「渋滞で遅れたら困るから車は使わないのは理解できるけど、折り畳みのベビーカーも、電車内だと疎《うと》まれやすいから使わないっていうのは、なんだか切ないな。俺の頃はそんなこと聞かなかった気がするんだけど」

まあ、こればかりは子供が減っているのに、マナーがなってない親が増えたから悪目立ちしちゃうんだろう。

それにしても、近年残念に感じることが増えたのは気のせいじゃないだろう。

もちろん、どんなときでも優しい人は優しいし、気を遣っている人は気を遣っているだろうけどさ。

「七生も重くなってきたし、抱っこ抱っこってせがまれたら、父さんが大変――あ、来た！」

思い余ってウロウロし始めた俺の視界に、七生を連れた父さんの姿が映った。

「あ、ひっちゃ！」

「うわっ！　駄目だよ、七生」

俺を見つけた七生が、満面の笑みで父さんの手を振りほどく。

勢いよく駆け出すも、リュックに付けられていたハーネスがピンと伸びた反動から、そっくり返った。ほんの一瞬の出来事だ。

「うわっ」

「ふひゃっ☆」

「七生！」

咄嗟に父さんが両手を出して、七生の後頭部と背中を支えて、セーフ！

七生はオムツでモコモコしたお尻を、地面にペタンとついた程度で済んだ。

　これだから、一部の世間様から何を言われても、外出時のハーネスは外《はず》せない。時として、こういう反動的な転び方をしちゃうこともあるが、暴走してスライディングしたり車道に飛び出したりするよりは安心だ。

　どんなに気をつけていても、子供は大人の意表を突く天才だし、大事《だいじ》を小事《しょうじ》で収めるためにも、我が家は幼児にハーネスは利用派だ。

　もちろん、無闇に引っ張ったり、力づくで子供を引きずるのは絶対になしだけど。

「あーんっ。ひっちゃ、ひっちゃーっ」

　このパターンは何度か経験しているはずなのに、七生は「びっくりしたよぉ」と言いたげに、駆けつけた俺に抱きついてきた。

「はーっ。怪我がなくてよかったな。でも、だから急に走ったら駄目だよって、いつもみんなが言ってるんだからな」

　小さな身体を抱き返すも、危ないことは注意する。

　七生は俺が心配だけしないで叱《しか》ったものだから、ほっぺたを膨らませた。

「ぷーっ」

　可愛いな――――って、にやけそうになるのを堪《こら》える。

　ここで笑ったら、叱ったことにならないから、俺も必死だ。

それなのに、肝心《かんじん》な父さんが「ぷっ」と吹き出した。笑いながら俺を窘《たしな》めるが、それもそのはずだった。

「まあまあ。寧に会いたくて抱っこなしで頑張ったから、許してやって。顔を見たら感極《かんきわ》まっちゃったんだよ」

「え？　家からここまで抱っこなしで来たの？　すごいじゃないか、七生。リュックも背負ってるのに、頑張ったんだな！」

家から最寄り駅までの徒歩に、新宿駅から会社までの徒歩。仮に車内で座れたとしても、七生にとってはかなりの距離だ。俺でも一時間弱はかかる通勤距離を、抱っこなしで頑張ったとなったら、そりゃ父さんも甘いはずだ。

「なっちゃ、ぴょんぴょんよー」

俺が驚いて褒めると、七生は喜んでぴょんぴょん跳ねた。

ウサギの着ぐるみ風ツーピースのフードに着いた耳がゆらゆら揺れて、何とも言えず愛らしい。首からかけられた迷子札入りの巾着袋も、心なしか嬉しそうに弾《はず》んで見える。

「そっか。それで頑張ってきたのか。えらい、えらい」

「カメたんも、いいこいいこねー」

七生は、そう言って背負っていたカメのぬいぐるみ型の幼児用リュックを俺に見せながら左右に揺らした。

七生の背中程度の大きさのリュックには、本体右サイドにファスナーがついていて、甲羅部分にちょっとした中身が入るようになっていた。これについているカメの頭や手足が揺れるのが楽しいらしくて、ウサギの尾っぽがついたお尻までフリフリしながらニコニコしている。

――――駄目だ、もう。

余りの可愛さに、顔がにやけるのが止められない。

俺は兄馬鹿全開だ。

「これ、この前ハッピーレストラン経由《けいゆ》でもらった、視聴者さんからのプレゼントだね。セットで使うと、何とも言えない。可愛さ倍増だ」

父さんも満面の笑みで同意。

七生のテンションはますます上がる一方だ。

「かーいー」

「うん。可愛いよ。せっかくもらったんだから、大事にしような」

「あいっ！」

ちなみに、こぢんまり見えても、七生にとっては重みのあるカメリュックの中には、保護者の連絡先用のメモにオムツ一枚と携帯用のおしりふき。ダスト袋に少量のおやつと小さい哺乳瓶に入れた麦茶。あとは粉ミルクのスティック二本が入っている。

これらは外出用の荷物を七生に背負わせているというよりは、万が一保護者とはぐれたときのことを考えて、七生にとって必要最低限の品々《しなじな》を入れているためだ。

だから、本格的なお出かけセットは父さんが背負っているマザーバッグ…には見えない、おしゃれで軽い仕様のスリーウェイバッグの中にある。

普段着だけではなくスーツ姿で背負ってもあまり違和感がないような色や形なのは、母さんが父さんや俺と兼用することを前提に選んだから。

ちょっとお高めのバッグだったけど、その分マザーバッグ以外でも使えるし、丈夫で長持ち。我が家的には二代続けて使用できれば、完全に元が取れるどころか、お買い得となる品だ。

「寧。それより、時間は?」

「あ、そうだった。とにかく中へ。ギリギリ間に合うとは思うけど。あ、七生。急ぐからここからは抱っこだよ」

父さんに指摘されて、俺は慌てて七生を抱き上げた。

ここまで頑張ってきた七生にしてみれば、ようやくといった感じだろう。にこにこしながら、両手を俺に回してきた。

「ひっちゃー。ぎゅーっ」

「はいはい。七生もぎゅーっ」

「きゃーっ。ひっちゃ、すーよー」

ウサギの服もカメのリュックも可愛いけど、やっぱり七生自身が一番可愛い！　と、改めて思ってしまう俺は、世界一の兄馬鹿だった。

よほど破顔《はがん》していたのか、父さんが「やれやれ」と笑っていた。

1

鷹崎部長に到着の知らせを入れてから、俺たちが社内へ入ってエントランスフロアを足早に突っ切っていると、どこからともなく視線が向けられた。話し声が聞こえてきた。

「うわぁ！　兎田くんが若くて美形でキラキラなパパと、ベリーキュートな末っ子ちゃんを連れてるぅ」

「可愛い～。何、あのウサギルックにカメリュック。つぶらな瞳に、ふっくらホッペ。そしてパパさん、今日もお変わりなく素敵ぃ～。初めて見るスーツ姿もたまらないわぁ～」

「うんうん。兎田くんにそっくりすぎて、ちょっと笑えるところがまたいいのよね～。なんであんな美ベイビーから美男までがきっちり揃った父子がいるのかしら？　もう、この世のものとは思えない。お嫁に行きたい！　この際、親戚に嫁《とつ》いでもいいわっっっ」

俺が顔も名前も知らないような人たちが、俺たち親子を知っているのは、ついこの前まで流れていたハッピーレストランのＣＭに家族全員で出演していたためだった。

そして今日、本来なら自宅で仕事（ドラマや舞台、アニメの原作・シナリオを担当）をしているはずの父さんが作業の手を止め、末弟・七生と来社したのもこのCM絡みの話し合いのためだ。

「兎田がどうしたって？」

「え？　何がどうしたら親子で会社訪問？　もしかして何かやらかしたか!?　だったら俺は無条件で一緒に謝るぞ」

「無条件で謝るって、お前な……」

ここは学校じゃないんだから、突然の親の訪問に驚かれても無理はない。

だが、一瞬のうちに俺は、何かやらかして保護者が謝罪に来たという仮説を立てられていた。

いや、俺は学生じゃないし。高卒入社とはいえ、もう二十歳だし。そもそもここの社員で社会人なんだから、親が出てきて謝るとか、どんな大罪《たいざい》設定なんだよ？

それなのに、「無条件で一緒に謝る」とまで言われたら、怒るに怒れない。

しかも、話は人伝《ひとづて》に広がっていき、もっと驚くようなやり取りが、俺の耳に入ってくる。

「多分、出演依頼の話じゃないか。例のハッピーレストランのCMで続投依頼があったって聞いたし。確かうちからもCMに起用したいって言って、本社の広報から交渉担当が来てただろう」

「それなら正式に断るために来たんだろう。兎田ん家って、すごい律義《りちぎ》だからな」

「断る？」

どうしてそこまで知ってるんだろう？

この話は、俺たち家族と一部の人間しか知らないはずなのに！

俺は移動しながら、ついつい聞き耳を立ててしまう。

「わざわざ来社してるんだから、出演契約をするためだろう」

「でも、礼状《れいじょう》に〝家族出演は一度きりで今後はない〟って書いてあったからな」

「礼状？」

「何それ？」

「いや、だからさ。あの末っ子ちゃんのウサギとカメのセット、ハッピーレストラン経由で送ったの、実は俺と嫁なんだよ。そしたら後日、受け取りましたっていう知らせ兼お礼状が届いたんだ。それもCM出演者全員参加で作っただろう、愛情たっぷりのハガキで」

真相《しんそう》が明らかになり、俺はただただ唖然だった。

「へー、そうだったのか。確かに律義だな」

「だろう。もう、驚いたのなんのって。夫婦揃って二度惚《ぼ》れしたよ。最近では、あんな子供を持って育てることが、共通の目標になったぐらいだ」

「お！　とうとう作る気になったのか。まあ、わからないでもない心理だな。俺なんかCM効果で、嫁もいないのに子供がほしくなったからな」

「いや、さすがにそれはどうなんだよ。先に嫁を見つけろよ」

「ははははは。だったら今夜にでも、合コンしようぜ！」

　丁度来ていたエレベーターに乗り込むと、俺は他に人がいなかったのをいいことに、思いきり父さんに向かって口走った。

「そうだったんだ。お礼状出しておいてよかった」

「本当だね。彼も礼儀正しいというか、夫婦そろって節度のある人だしね」

　父さんもホッと胸を撫で下ろす。

　一瞬意味がわからなくて、俺は七生を抱《かか》えながら首を傾げた。

「だって、ここの社員さんってことは、寧のことも配属先も知っていたってことだろう。手渡しだって可能なのに、わざわざハッピー経由で送ってくれたんだよ」

　説明されて、すぐに納得した。

　ようは、ちょっとちゃっかりした人なら、直接俺に届けにくるだろうって話だ。

「そうか。そう言われたら、そうだよね」

実際放送開始当初は、ＣＭを見たからと言って、まったく面識のない社員さんが何人も俺を訪ねてきた。

いきなり一緒に写真を撮ってくれとか、サインしてくれとか、当事者を置き去りにして盛り上がってしまった人たちが、社内にもそれなりにいた。

そのたびに同僚や先輩たち、鷹崎部長が対応して断ってくれたほどだ。

でも、ウサギとカメの人は、そういうことはいっさいしてこなかった。

今の今まで、俺は同じ会社の人だったなんて、考えつきもしなかったほど一個人として徹してくれた。

――まあ、理由が理由だからだろうけど。

『結婚して五年目。夫婦共働きで、どちらも仕事第一。そのため、あえて子供も作らないようにしていたが、最近になってこれでいいのか、わからなくなってきた。やっぱり子供がほしい。けど、奥さんは仕事が波に乗っていて、なかなか切り出しにくい。ただ、そんなときにＣＭ放送が始まったから、子供がいるのも楽しそうだなって、冗談交じりに切りだせた。すると奥さんも、そうねって言って笑って。今更言い出せなくなっていた気持ちの変化、仕事と家庭についての考えを打ち明けてくれた。それから二人で話し合った結果、今後の生活を見直すことになった。子供を持って育てることが、新たな共通の目標になったんだ』

でも、こんなふうに俺のほうが相手を知ってしまう可能性は、ゼロじゃない。

それなのに、あのご夫婦は「赤ちゃんにはウサギとカメを、そして家族には日持ちのするお菓子を贈ろう」ってなった経緯《けいい》を教えてくれた。俺たちが直接に何かしたわけでもないのに、「夫婦で考え直すきっかけをいただきました。ありがとうございました」って、お礼の手紙まで添えてくれたんだ。

それがかなり印象的だったから、俺も父さんもすぐに思い出せた。

「赤ちゃん、授《さず》かるといいね」

俺は、七生を抱きしめながら、心から願った。

「そうだね」

微笑を浮かべた父さんもきっと同じように願ったことだろう。

だって、うちは、こんなに兄弟が多いけど、それは運よく授かっただけのことだ。

〝赤ちゃんって可愛いわよね。育てるのは大変だけど、やっぱりもう一人ほしいな〟

そう思って授かれたことは奇跡に近いし、神様からの贈り物だと、死んだ母さんがよく言っていた。

少しだけ大人になった今なら、その意味が俺にもわかる。

人間誰しも、思うようにはいかない。願いが叶うようにはできていない。

それなのに、俺たち兄弟は約三年ごとに七人も生まれたんだ。それも、赤ちゃんがほしいと願ってくれた父さんと母さんのところへ生まれて来ることができたんだから、俺たち兄弟にとってもこの上ない幸運だ。

命が芽生《めば》えて最初にもらっただろう、〝両親〟という神様からの贈り物だ。

「あ！　きっパ!!　ほんちゃっちゃ！」

ビルの最上階でエレベーターを降りると、七生が応接室の前で立ち話をしていた鷹崎部長とハッピーレストランの本郷《ほんごう》常務を見つけた。

「うわっ。もう着いてたんだ。本郷常務たち」

鷹崎部長は、父さんと七生が無事に到着してホッとしたようだ。

本郷常務も、特に待たされたという感じはなく、七生に向かって軽く手を振ってくれている。

七生はこれだけで大はしゃぎだ。

『出演を断るために来てもらうっていうのも、なんだよな』

とはいえ――――勘が鋭く、察《さっ》しのいい本郷常務のことだ。すでに、父さんとの顔合わせが〝いい話のためではない〟ことぐらい、十分承知しているだろう。

しかも、その上で新たに「うちも宣伝広告に兎田家を起用したい」と言い出した、西都製粉本社の担当者とタッグを組んで出演交渉をしてくるんだろうから、俺の気持ちは沈むばかりだ。

商談・交渉に関しては一騎当千《いっきとうせん》、百戦錬磨《ひゃくせんれんま》な二社の幹部・担当者を相手に、父さんと俺でちゃんとお断りできるんだろうか？

これまで鷹崎部長には何度となく庇《かば》ってもらって、そのたびに立場を悪くしかねない状況を作ってきたから、今日ばかりは自力《じりき》でどうにかしたい。

ここは鷹崎部長の部下としてではなく、兎田家の長男として踏ん張りたいとは思っているけど――――。

「大丈夫だよ、寧。心配いらないって。そのために父さんが来たんだから」

もともとビビリな俺の不安を、父さんはお見通しだった。

「なっちゃもー」

「だって」

よくわからないまでも、絶妙なタイミングで賛同してくる七生の屈託《くったく》ない笑顔が、妙に眩《まぶ》しい。

「そっか」

それでも、中から応接室の扉が開かれると、本日最大の山場《やまば》が訪れた。

俺としては、もはや修羅場《しゅらば》と言っても過言《かごん》ではない。

「ようこそ、おいでくださいました。お待ちしておりました。さ、中へどうぞ」

当社の中でも三役専用・ＶＩＰ来賓《らいひん》専用の応接間には、すでに関係者が集まっていた。

同席しているのは、当社の専務に常務に広報部長。本社からも広報課長が代表で乗り込んできている。

『うわぁ～。言葉もないな』

そして、そもそも兎田家を食育フェアー用のＣＭに起用したい、今後も起用し続けたいと依頼をしてくれたハッピーレストランからは、本郷常務と広報部長にその部下さん一人が来社。

ここに、唯一の味方だろう鷹崎部長が同席しているのは、ＣＭに部長が引き取って育てているお兄さん夫婦の忘れ形見《がたみ》、現在年中のきららちゃんが参加していたからだ。

当然我が家と一緒に、今後の出演依頼を受けている。が、うちと一緒で、打診《だしん》の段階から、すでにお断りオーラを巻き散らかしている。

「では、兎田さん。どうぞ、こちらにおかけになってください。あ、兎田くん。鷹崎部長も、今日は兎田さんと一緒にかけてくれたまえ」

まずは専務直々《じきじき》の声掛けで、着席の場所が仕切られた。

「はい」

「同席させていただきます」

出演交渉だけなら、本来広報部の担当者と俺たちだけで十分だ。

そこに両社の専務や常務が同席してきたのは、やっぱり俺への圧力だろうか？

西都製粉は雇い主だし、ハッピーレストランは俺が営業担当しているお得意様だ。

そもそもＣＭに家族で出たのだって、父さんや弟たちが俺の立場や、その上司である鷹崎部長の立場を気にかけてＯＫしたのが実のところだ。

こんなに大ごとになるとは思わずに、家族で記念写真を撮ってもらうぐらいの感覚だったことは間違いないが、それでも受ける方向に話がいった根底《こんてい》に、双方の会社と繋がる俺の存在があったことだけは間違いない。

だからこそ、ここは俺がはっきりしないと――――。

「本郷常務とお連れの方はこちらの席へ。常務、我々は向こうに落ち着こうか」

「はい」

そうして、七生まで含めた総勢十一名が、円形のローテーブルを囲むようにして置かれた上質な革張りのソファに、一人一人が腰を落ち着けた。

以前通されたことのある部屋には、八人掛けの応接セットが置かれていたが、今日は人数が多いからか十名から二十名は集《つど》える大部屋使用だ。

入口から向かって奥を上座《かみざ》とするなら、その筆頭席に父さんが案内されて、七生を抱えた俺と鷹崎部長は父さんの右側に続いた。

父さんの左隣、上座二番手になる席には本郷常務が座り、広報部長と部下さんは左側へ続く。

そして、父さんと本郷常務の正面、下座に当たる席に専務自《みずか》らが腰を掛け、その両サイドに常務たちを座らせて、話合いは始まった。

「それでは、本日はお忙しいところ、ご足労《そくろう》いただきましてありがとうございます。私、弊社《へいしゃ》の専務取締役を務めます――――」

さすがにいきなり本題へ入ることはなく、まずは挨拶だの名刺交換だの、CM効果の実績だのが説明された。

うちが今か今かと「お断り」するのを待っているのをはぐらかす様に、談笑《だんしょう》の場から設けられた。

だが、このあたりは俺も鷹崎部長も営業先でいやってほど経験済みだ。予測の範囲だ。

父さんもフリーとはいえ、いや、フリーで仕事をしてきたからこそ、営業相手に話をはぐらかされてきた経験が山ほどあるので、作り込まれた笑顔にヒビは入らない。

むしろ、この笑顔をキープしたままで、「お断りします」って言われたら、逆に専務たちのほうがギョッとするかもしれない。

それぐらい、いざ会談が始まったら、父さんのウエルカムな対応とキラキラぶりは絶好調だった。

いったんブチッと切れたら、冷笑を浮かべて相手を「無能」呼ばわりする父さんだけに、俺の心配の矛先《ほこさき》が徐々に変わってきたほどだ。

『頼む！　お願いだから、誰も父さんの地雷だけは踏まないでくれよ!!　いつもの生活通り、気軽な気持ちで受けてくれればいいとか。死んだ母さんのこととか、間違っても話題には出さないでくれ!!』

しかし、警戒心マックスで身構える俺の前で、思いがけない行動を起こしたのは父さんではなかった。

「カメたん♪　カメたん♪　カメたんたん♪」

「っ!?」

「っ！」

会談開始十五分にして、どうやら大人たちの当たり障《さわ》りのない会話と作り笑顔のやり取りに飽《あ》きたらしい。七生は背負っていたカメのリュックをぬいぐるみ代わりに抱えて、一人遊びを始めてしまった。

「カメたん♪　カメたん♪　カメたんたんたん♪」

それも即興《そっきょう》の作詞作曲の歌つきだ。これには父さんや鷹崎部長も唖然だ。

いや、父さんの見るからに「やばい」っていう顔つきからすると、この取ってつけたようなカメの歌は、父さんの自作かもしれない。

七生を気分よく歩かせるために、二人で歌いながら来た確率は、そうとう高い。

「いいこいいこねー。ひっちゃも、はーいっ！」

十秒後には、名指しで俺まで巻き込まれる。

『な、七生っ――――っ!!』

当然のように集まる幹部たちの視線が痛い。

プッと吹き出すのを堪《こら》えたのは本郷常務。

だが、うちの専務に限っては、堪え切れずに吹いた！

お得意様が我慢したっていうのに、堂々と肩まで震わせている!!

これにはうちの常務も真っ青だ。

鷹崎部長なんか、どこに視線を向けていいのか、わからない状態だ。

しかも、ここですかさず父さんが、

「す、すみません。躾《しつけ》が行き届いていなくて。あの、いきなり本題に入って申し訳ありません が、子供がこれ以上の失礼をしてもなんなので、今後の家族出演はいっさいお断りさせていただきます。あ、もちろんハッピーレストランさんや西都製粉さんに限らず、どこからお誘いをいただいても、お受けするつもりはありませんので、何卒《なにとぞ》ご理解いただけますよう、お願いします」

カウンターアタックをかけた。

俺が七生を抱えてあわあわしているのに、悪気《わるぎ》のかけらもない笑顔でぶちかました！

当然この場にいる者たちは「え!?」だ。

『うわぁっっっ』

俺はもう、ひたすら七生を抱いたまま、あわあわし続けるしかない。

それなのに父さんは、一片《いっぺん》の曇りもない笑顔で、七生のほうに手を伸ばしてくる。

「理由は、特に説明する必要もないかと思いますが。うちにはこの子だけではなく、まだまだ手のかかる子供が何人もいます。ここでお世話になっている寧以外は、全員未成年ですので。ね」

一人遊びでご機嫌になった七生の頭を軽く撫でた。

自然とみんなの視線が七生に向かう。

だが、視線が自分に集まると、ここぞとばかりにニッコーッと笑うのが七生の特技だ。もはや生まれ持った条件反射だ。

「ふへへへっ」

しかも、今日に限って、テレテレ付きの笑顔。小さな手でカメリュックをぎゅっと抱いて、今年一番かと思うような可愛い攻撃の炸裂《さくれつ》だ。

ああ、本郷常務の口元が――――俺はあえて目を逸《そ》らした。

「もしも皆さんが私のような立場だったら、自己責任を負えない子供たちを、世間に露出し続けますか？　今のメディアや世論がどういうものなのか、多少なりとも理解した上で、出し続けられますか？　私にはもう、怖くてできません。ただ、それだけです」

嘘も隠しもない父さんの思い。

ＣＭに出たことで、俺たち家族に好感を抱いてくれた人たちはたくさんいた。

きっと悪意を持ったり、利用しようとした人たちに比べたら、そちらの方が圧倒的に多い。もしかしたら、千対一ぐらい好感を抱いてくれた人のほうが多いかもしれない。

けど――――父さんにとっては、その一が怖い。

たとえ一万分の一であっても、排除《はいじょ》したい一だ。

そして、それは俺も同じだ。状況が理解できる次男の双葉《ふたば》（高二）、三男の充功《みつぐ》（中二）、四男の士郎《しろう》（小四）ぐらいまでは全員同じ気持ちだ。

それでも、そんな一が存在することさえ理解できないではしゃぐ幼い子供が、うちには樹季《いつき》（小二）、武蔵《むさし》（年中）、七生と三人いる。

ここにきららちゃんを含めたら四人だ。何が何でも守りに入るのは、親としては当然だろう。

ここで「いや、それでも」と言い出せる者はいないはずだ。

この場に集った人たちのほとんどが、父さんと同じかそれより上の世代だ。

仮に独身者がいたとして、この父・祖父層の中で、「それでも売るために出演を」と言い出すのは、そうとう難しいだろう。

特に、この七生を前にしたら――――。

「ひっちゃぁ～」

そろそろ一人遊びも飽きてきたのか、七生が俺の胸元に頬を摺《す》り寄せる。

「もう少しだから、静かにしような」

「もふもふよーっ」

オムツでふっくらしているお尻を左右にフリフリしながら、半ズボンについた尻尾を揺すって、遊んでアピールを強めてくる。

でも、ここで決着をつけなければ、父さんのカウンターも台無しだ。

俺は今一度七生を宥《なだ》めようと諭《さと》していく。

「うん。丸くて可愛いね。でも、今は駄目だよ。もう少しだけ静かにしてて」

「ぷーっ。ほんちゃっちゃ～」

だが、今日の七生は本当に一筋縄《ひとすじなわ》ではいかない。俺が駄目だとわかると、なぜか甘えぐずった声で本郷常務に猛《もう》アピールをした。

『なぜ、そこ！』

どうしてこの状況で、本郷常務!?

せめて父さんとか、日頃から行き来のある鷹崎部長（我が社の社員）じゃないのか!?

なんで、よりにもよって他社から来ているお客様のほうを指名するかなっ!?

これは、先日俺が目撃した時以外にも、プライベートなスカイプ交流があったのか？

だが、だとしても！

名指しにされた本郷常務が困っているのは明らかだ。そうでなくても崩れ始めていたポーカーフェイスをキープするのに必死になっていたのに。

「七生。お話が終わってからって言ってるだろう」

俺は声こそ荒らげることはなかったが、いつもよりきつく七生を叱った。めっ！　と睨んだ。

「ふえっ～ん」

すると、この場に飽きた上に、移動の疲れも出てきたんだろう。七生がぐずって、更に駄々《だだ》をこね始めた。

半べそになって、このままでは大泣きになるのは確実だ。

「すみません。いったん退室させていただきます」

もう、無理だと判断。俺は七生を抱えて立ち上がった。

「あ、兎田。だったら俺が…」

「いやいや、もういいよ。兎田くん。鷹崎くんも」

咄嗟に鷹崎部長が両手を出してくれたが、それを止めたのは本郷常務だった。

「七生くん。お話は終わったよ」

本郷常務は完全に諦めたのか、自ら七生に向かって両手を伸ばした。自分のほうに「おいで」と七生を呼んだ。

「あーいっ！　ほんちゃっちゃーっ」

俺の腕から下りると、七生は我が侭が通ったからか、半べそから立ち直った。

「カメたん♪　カメたん♪　カメたんたんたん♪」

ご機嫌で本郷常務のところまで行くと、カメのリュックを見せて、本日三度目のカメソングを笑顔で披露《ひろう》した。

応接室には、まさに〝終わった感〟が漂っている。

「はぁ。勝てない」

「惨敗《ざんぱい》やなぁ～。カメたんたん♪」

特にハッピーレストランの広報部長と西都製粉本社の広報課長は、顔を見合わせて失笑だ。

うちの広報部長や、その後押しをしていた常務にいたっては、ただただ口をあんぐりだ。

この状況で笑っているのは、始めから見届け人程度の意識で同席したっぽい専務だけで、安堵していいはずの鷹崎部長も苦笑《にがわら》いを浮かべている。

俺と父さんなんか、ここまでくると申し訳なさから心が痛んだ。

「なっちゃ、ぴょんぴょんの、カメたんよー」

「そうかい。そうかい。可愛いね」

「きゃはっ☆」

まあ、

〝二社を相手に直接断りに行くなら、七生はどこにも預けずに同伴したほうがいいよ。少なくとも本郷常務を寝返らせるキーパーソンにはなるはずだからね〟

そう言い切った士郎（実は高IQ《アイキュー》の天才児。ハッピーレストランが食育フェアーを企画したのも、そもそもは俺が仕事資料と間違えて士郎の外食産業のなんたらっていう論文を本郷常務に見せたことが発端だ。そのためか、いつの間にか士郎と本郷常務も仲良しだ）が、この状況を知ったら満面の笑みだろうけどな。

『どうしてだろう。結局俺たち全員が、士郎の掌《てのひら》の上で転がされている気がしてきた。これって七生を隣の家に預けて来ていたら、どうなってたんだろう？』

俺は、七生を膝上に載せた本郷常務をチラリと見ながら、鷹崎部長にも目配《めくば》せをした。

すると鷹崎部長が、俺の膝を軽くポンとたたいてきた。

長いものには巻かれろってことかな？

いや、この場合は、士郎の策略《さくりゃく》には乗っておけ？

終わりよければすべてよし？

何にしても、隣に鷹崎部長がいてくれたのは心強かった。父さんと七生がいてくれる安心とはまた違ったものがある。

『こういう感覚は恋人ならではなのかな？　出会って半年にも満たない相手なのに、恋愛って不思議だな』

そんなことを考えていると、本郷常務が七生の頭を撫でながら呟いた。

「理由はどうあれ、すでに我が社のＣＭのために、兎田家にはご迷惑をかけてしまった。特に次男の双葉くんには――――。これが事実であり現実だ」

誰に向けた言葉というよりは、自分を含めたこの場の全員に向けたようだった。

ここで次男の双葉の名前が出たのは、つい先日、週刊誌にとんでもない誤報をされたから。

ちょっとＣＭで反響があったからといって、ゴシップ誌の記者に付きまとわれて。たまたま「同級生の犬にめでたく赤ちゃんができた」という話をしていたのを、無理矢理捻《ね》じ曲げられて「大家族次男が同級生を妊娠させた！」とスクープされてしまったんだ。

当然、高校や俺の会社どころか、世間まで大騒動だ。

すぐに誤解が解けなければ、双葉は退学になっていたかもしれない。

本当にあの週刊誌のいい加減さには驚愕《きょうがく》した。

そもそも、どうしたらそんな発想の転換ができるんだよ!? って感じだった。

少なくとも自分にはない発想だ。ある意味、どんな話でもこの手のスキャンダルに持っていくことに長《た》けた、これはこれでプロなのかもね――――と、怒りを通り越したころには、父さんが感心していたほどだ。呆《あき》れさえ超えるレベルだったらしい。

まあ、後日編集部の代表と出版社の偉《えら》い人が、そろって謝罪には来たけどさ。

「兎田くんから七生くんまで、兄弟全員が健《すこ》やかに育っている兎田家だからこそ、食育の大切さを伝えられると思い、我々も無理なお願いをし続けた。できれば今後もと望んでしまった。だが、食事を通して子どもの味覚を育て、健康を守ろうと主張していくのに、肝心な子供たちの心に傷がつくようなことになっては本末転倒だ。一番あってはならないことだ。それこそ夢のような、誰もが理想とするような家庭を、我々が壊してしまったら大変だ。取り返しがつかないからね」

双葉を吊し上げるような騒動まで起こったことから、本郷常務の話を聞いていた専務や鷹崎部長が、静かに相《あい》づちを打った。

両社の広報担当も同意するしかない。うちの常務にしても、今日は終始黙っているが、沈黙は同意の証《あかし》だろう。

「ただ、こうなると西都製粉さんが羨《うらや》ましいですよ。我が社にも兎田くんのような、家族思いの若者が飛び込んできてくれたらいいのに」

いきなり本郷常務に名指しにされて、俺は全身をびくりと震わせた。

「いや、そういう若者が勤めたいと思うような会社にしていくことこそが、我々世代の課題ですがね。なあ、部長」

本郷常務は、この場を上手く収めてくれただけではなく、話の締めには俺のフォローまでしてくれた。

それも完全に気持ちを切り替えたのがわかる、とても凛々《りり》しい表情《かお》でだ。

「はい。常務」

ハッピーの広報部長も、本郷常務の意図を組んで、はっきりと返事をしてきた。

俺が西都製粉の社員で、ハッピーレストランの担当だから、今回のことで働きにくくならないように。それどころか、働きやすくなるように気を配ってくれたんだ。

これだけで、もう――――俺は感謝の気持ちでいっぱいだ。

父さんや鷹崎部長もそれは同じだろう。が、これは俺自身が返さなければならない恩《おん》だ。

今後の仕事で本郷常務に、そしてハッピーレストランに。

「そう言っていただけると、恐縮です。では、話が決まったところで、コーヒーでも淹《い》れ直しましょうか。あ、君。頼むよ」

本郷常務の気遣いを組んで、専務が流れを変える。

傍に立っていた秘書の女性に指示を出す。

「はい。専務」

ここから先は、世間話が主体だろう。

ただし、双方の幹部が揃う中での雑談だ。ぺーぺーの俺がいたところで、かえって邪魔になるだけだ。

俺は会釈《えしやく》をして席を立ち、秘書さんのあとを追った。

「俺にも手伝わせてください」

「なっちゃもぉーっ」

それを見た七生が本郷常務の膝から下りて、俺を追いかけて来ようとしたけど、そこは制した。

「七生。お湯は危ないから駄目だよ。今は父さんたちのところにいて。あとでいっぱい遊んであげるから」

「あ～いっ」

若干不服《ふふく》そうな七生を、父さんや本郷常務のほうへ向かわせる。

「やはり兎田くんがいいんだね」

「すみません。七生は特に寧っ子なもので」

「ところで兎田さん。すみません。ここからはちょっと別件で聞いていただきたいお話があるんですが。お茶がてらでいいので、もう少しだけお時間をいただけますか」

「はい。なんでしょうか？」

俺が部屋から出ようとしたときに、父さんを指名していたのは、うちの専務のようだった。

『父さんに別件ってなんだろう？』

俺は気にはなったが、自分から席を立った手前、秘書さんと一緒に別の部屋でコーヒーの準備をした。

「俺も手伝うよ」

あの場から脱出したかったらしい鷹崎部長も来たので、三人で大人十人分のコーヒーを用意した。本当は八人分にして、俺と鷹崎部長は仕事を盾に抜けたかったけど、今日ばかりは父さんと七生がいるからそれもできなかった。

2

部屋を出てから十分後、俺たちは新しく淹れたコーヒーを持ち、応接室に戻った。

「お待たせしました」

冷めたコーヒーと新しいものを取り換え終えた。

ここでふと気づく。部屋の中に七生の姿だけが見えなくなっていた。

「あれ？　父さん。七生は？」

「え？　さっきまでそこでカメと遊んでたんだけど」

カメのリュックは、ソファの足元に置かれていた。

俺は慌ててソファの影とかローテーブルの下を覗いたが、やっぱり見つからない。完全に部屋から姿を消している。

「もしかして、やっぱり俺を追って廊下に出ちゃったのかな？」

「かもしれない。ごめん。話に夢中になっていて、気づけなかったよ」

七生のことだ。きっと俺だけでなく、鷹崎部長まで部屋を出てしまったから、我慢ができなかったんだろう。七生は鷹崎部長にも、とても懐《なつ》いているし――。

「すみません。ちょっと探してきます。まだ、そんなに遠くへは行ってないと思うので」

俺はみんなに一礼して、七生を探しに行く断りを入れた。

「父さんもいくよ」

「なら俺も一緒に」

「私たちも行こう」

俺のあとに続いたのは、父さんに鷹崎部長、そして常務たちに声をかけた専務。

「あ、君。我々もそのあたりを」

「はい。本郷常務」

さらに本郷常務たちが加わって、俺はこれまで以上に焦《あせ》り始めた。

『うわっ。これ以上大ごとになる前に、早く見つけなきゃ。そもそも七生は好奇心旺盛《おうせい》だから、目新しいものにすぐ気を取られるし』

思いがけないことになってしまい、応接室からみんなが出て七生を探すも、とにかく一秒でも早く見つけないとって焦りが増してくるのは、協力者たちが大物過ぎるからだ。

年齢も個性も様々だが、各社を背負っているような三役やら役職付きの男たちが、顔色を変えていっせいに部屋から出てきたんだ。この光景だけでも、非常事態を想定されても不思議がない。理由を知っている俺が見ても、会社に何かあったように思えて足がすくみそうだ。

「七生――――っ。あ、鷲塚《わしづか》さん」

俺は、とりあえず捜しに走った先で、エレベーターフロアに立つ友人を見つけた。

四歳年上でアウトドア派な鷲塚さんは、商品の企画開発部の人だが、俺とは同期入社で仲がいい。入社試験の面接グループから一緒だったこともあり、うちが大家族なのも初めから知っている。

いつも「試作品のモニターよろしく」と理由をつけては、開発中の粉ものを提供してくれる。最近は新しいホットケーキミックス開発に集中しているのか、我が家はいただくたびにホットケーキパーティーだ。

家にも月二程度は顔を出しているので、父さんや弟たちとも仲がいい。俺と鷹崎部長が交際していることも知っている、数少ない人間の一人だ。

まあ、俺が彼から告白されて断ってしまったり、それでも態度を変えることのない鷲塚さんの人柄に双葉が惹かれて揺れ惑ったりと、複雑な人間関係もいろいろあるが。

いずれにしても頼りがいのある友人だ。今では鷹崎部長にとっても、そうとう身近な人になってきた。

「鷲塚。いいところにいた。七生くんを見かけなかったか？」

「七生くんがどうかしたんですか？」

俺と一緒にいた鷹崎部長にも声をかけられ、鷲塚さんのほうからも足早に寄ってきた。

「ちょっと目を離したすきに、一人で応接間から出ちゃったんです」

「そりゃ大変だ。一緒に探すよ。あ、手の空《あ》いてる奴らにも声をかけとく。社外に出ることはないと思うけど、七生くんの服装って確か――」

有言実行《ゆうげんじっこう》は鷲塚さんも鷹崎部長も変わらない。

鷲塚さんは、羽織った白衣のポケットからスマートフォンを取り出した。

「すみません。あ、今日の服装は……」

「ウサギスーツにカメリュックだろ。あ、リュックは背負ってないか」

「え？　どうしてそれを!?」

俺が驚いて聞き返すと、鷲塚さんはスマートフォンを操作し、受信したメールを画面に出してきた。

「キラキラパパと真っ白ウサギの天使ちゃんが来社したって、ビルの上から下まで噂と写真付きメールが駆け巡ってる。しかも、画像は社外不出。ネットアップ厳禁指定付きで」

俺に「ほら」って苦笑しながら画像を見せてくれた。

するといつの間に撮られたのか、そこには七生と抱っこしている俺と、その隣を歩く父さんの三人が写っていた。

鷹崎部長も一緒に覗き込んでは、「あーあ」と額に手を当てる。

「それって、すでにチェーンメール状態なんじゃ……」

「一応ラッキーメールってことになってるよ。タイトルは〝癒《いや》しのおすそ分け〟だって。だから、まずはこのメールの返信で探し手を増やしておくから。あとは見つけたらメールで連絡ってことで」

どうやら俺たちが話し合いを始めた頃には、社内で拡散されていたようだ。

それでも、一秒でも早く七生が見つかるに越したことはない。

「はい。よろしくお願いします」

俺は鷲塚さんにも援護《えんご》を頼んで、その場から更に続く廊下を進んだ。

さすがにエレベーターに一人で乗り込む可能性は低いと思い、まずは最上階を徹底的に見回ることにした。

「鷹崎部長。なんだか一秒ごとに大ごとになっている気がして、怖いんですけど」

目線を下げて、七生が興味を持ちそうなところがないか探していく。

「今は七生くんが見つかればすべてよしだよ。あ、俺はこっちを探すから」

「はい。お願いします」

そのうち廊下が二手に分かれて、鷹崎部長が左へ折れた。

俺はそのまま真っ直ぐに進む。

「七生！　七生！」

普段はほとんど来ることのない最上階フロア。各階の作りそのものは大差がなくても、雰囲気も違えば、部屋割りも違う。意外に会議用だの資料室っぽい小部屋の類《たぐい》も多くて、俺は自分でも迷子になりそうだと感じた。

廊下の突き当り近くまで来ると、T字状に繋がる前の廊下を年配の男性たちが腰をかがめてよぎる。

『うわっ。常務と広報部長だ。下のほうを見てキョロキョロしてるってことは、ちゃんと七生捜しに協力してくれてるんだ』

俺は一瞬目を疑った。失礼だけど、二人が捜してくれていると知って驚いた。

それも、扉が半開きになっていた小部屋を見つけると、突然常務が広報部長に何か指示を出し、どこかへ行かせてから屈み込んだ。

そのまま部屋に入って、四つん這《ば》いになり――――えええっ！

部屋の中に置かれていたのだろう、会議用テーブルの下をのぞき込み始める。

『何、これ？　もしかして騒ぎに乗じて、社内機密でも捜してるのかな？　もしくは、隠してるのか？』

あの威厳《いげん》たっぷりの、どちらかというと見た目も言動も悪代官《あくだいかん》系キャラの常務が、自ら両手両膝を床につくなんて！

俺には、企業絡みの何かがあって、やっているとしか思えなかった。

『いったいあの部屋に何があるんだろう？　まさか支社長や専務を降格させるようなトップシークレットでもあるのかな？』

俺は心臓がはちきれそうになりながらも、徐々に近づいて様子を窺った。

うちのナイスガイな専務は鷹崎部長が直々《じきじき》に手をかけてもらった元営業部長だし、支社長は経営者一族の一人で極妻風の女性だけど、すごく実直で優しくて、弱者を守ってくれる。先日俺が双葉の誤報のために、常務たちに吊し上げられたときにも庇ってくれて、そのまま双葉の高校まで送ってくれた。

俺としては、一生ついていきます、支社長！　みたいな恩人だ。

そういう関係というか、繋がりもあったから、俺は普段なら誰かを呼んだかもしれない事態に一人で挑《いど》んだ。

ジッと背後から、扉の隙間から常務を見張った。

すると、

「ほーら、怖くないでちゅよー。すぐにお兄ちゃんやパパの所に連れて行ってあげまちゅから、出てきてくだちゃーい。うさぎちゃんのお耳、可愛いでちゅねー」

俺は、別の意味で心臓が止まりそうになった。我が耳を疑った。

そこへ広報部長が小走りに戻ってきたので、慌てて近くにあった同じ背丈ぐらいの幸福の木の植木に身を隠した。

もしかしたら顔ぐらいしか隠せてないかもしれないけど、俺的には隠れた気でいた。

「常務。言われた通り、ジュースを買ってきました」

「よし。寄越せ――――ん？　なんだ、これは。果汁五十パーセントの上に、添加物《てんかぶつ》が入ってるじゃないか。これなら食堂に置いてある、オーガニック麦茶のほうが、幼児には安全だ。そんなこともわからないのかね。君は何年食品会社に勤めてるんだ」

「失礼しました！　すぐにもらいに行ってきます！」

常務に怒られた広報部長が再び部屋から走り去った。

俺が聞いてもそれは言いがかりというか、理不尽な説教にしか聞こえなかった。

別にうちではそこまで気にしてないし、一リットルパックで消費税込みの百円以下のジユースでも贅沢品扱いだ。

七生の粉ミルクだって、普通に水道水を沸騰させただけの白湯《さゆ》で作ってきた。

何せ「浄水器？　そんなこと言ってたら、将来海外旅行さえ行けないわよ。そうでなくても、日本の水道水は世界に誇れる最高品質なのに！　あっはっはは」というのが、母さんの押し売り撃退法の決め台詞だったからだ。

なんて思っていると、小部屋の奥から「ひっく。ひっく」と、半べそをかいてるような感じの声が聞こえてきた。

間違いない。七生がいる。

「あー、怒ってないでちゅよー。七生くんには全然怒ってないでちゅから、怖くないでちゅよー。ほーら。みんな心配して探してまちゅから、出てきまちょーねー」

「ひっちゃぁ」

「そうそう。ひっちゃも探してまちゅからねー」

部屋の中まではよく見えない。

だが、テーブルの下を覗き込んだままの姿勢を維持している常務の後ろ姿を見る限り、強引に潜《もぐ》り込んで引きだすことができないのかな？

もしくは七生に気を遣って、自主的に出てくるのを待ってる？

だとしても、な〜っ!!

『いや、常務。そんな赤ちゃん言葉は、うちでは誰一人使ってないんで、七生にとってはただの不審者にしか見えないと思うんですけど』

俺は見てはいけないものを見た気がして、なかなか声がかけられなかった。

本当なら、すぐにでも俺が出ていき、七生を保護しないといけないのに。

ちょっと躊躇《ためら》っている間に、広報部長が両手に何かを抱えて戻ってきたから、尚更出て行くタイミングがわからない。

俺は植木の陰から様子を見続ける。

「常務。麦茶をもらってきました。あと、商品管理部へ行って、当社の自信作。無添加、オーガニック、モンドセレクション金賞受賞の〝すくすく元気に育てよう！　幼児用ミルクビスケット〟も！」

「多少は気を利《き》かせたようだな。貸したまえ」

「はい！」

「ほーら、七生くん。麦茶とビスケットでちゅよー。おいちーでちゅよー」

「あ、んまーっ」

「そー、んまでちゅねー。こっちでえんとして、いっちょに食べまちょうねーっ」

『いっ、一緒に食べるんですか、常務！』

俺は、ビスケットと麦茶を持ってその場に座り込み、七生に向かって「おいでおいで」をしている常務に驚き、危《あや》うく植木を倒しかけた。

この瞬間だけは、肝心の七生のことさえ頭から吹き飛んでいたかもしれない。それぐらい衝撃的な場面にぶつかり、慌てて植木を抱え込んで起こした。

すると、テーブルの下からハイハイして出てきた七生が、明らかにおかしな格好をしていただろう俺に気がついた。

「あ、ひっちゃー」

やばいと思ったときには、満面の笑みで指をさされた。

当然、常務たちが振り返る。

「とっ、兎田」

もしかして、ずっとそこで見ていたのかと、常務が赤鬼のように赤面した。

「何をしてるんだ、そこで！」

広報部長は身体を張って、そんな常務と状況を隠そうとしている。

こうなると、もうギャグだ。なんかのコント番組みたいな状況だ。

「ひっちゃー。おっちゃ、いっとよー」

だが、こんな事態になっても七生はマイペースかつ最強だった。

常務が抱える麦茶のペットボトルとビスケットの箱をポンポン叩いて座り込み、完全に動けなくなっていた常務にニコニコ顔ですり寄った。

俺に対しても、「一緒におじちゃんとビスケットを食べようよ」と主張してくる。

「ねーっ」

「そ、そうでちゅねー」

七生が腕を掴んで同意を求めたからか、常務は変わらぬ態度で返事をしてくれた。

「常務っ！」

それを見て悲鳴を上げたのは、俺ではなく広報部長だ。

さすがに常務もハッと我《われ》に返る。

「あ。いや、これは、なんだな――」

でも、常務は自分の腕を掴んだままの七生を退けることはないし、いきなり立ち上がってごまかしたりもしなかった。

そんなことをしたら、七生が驚く。怖がると危惧《きぐ》したからだろう…か？

『い、意外と子供好き？　実は家に帰ったら、孫にデロデロなおじいちゃんとかだったのかな？　なんか、本郷常務より幼児の扱いに慣れてるっぽいんだけど』

俺の中で、常務の印象が一変した。

もともと長年続いているらしい社内派閥の関係もあり、なんとなく俺は〝専務が目をかけている営業部所属〟っていうだけで、常務には疎《うと》まれている気がしていた。

同じ部長職の広報部長なんて、鷹崎部長が一回りも年下だから、あからさまに敵意をむき出しにしているし。とにかく、円満とは言い難い状況が水面下では続いていたんだ。

「おっちゃ、あてててぇ」

「ああ。今、開けてあげるよ。このままでも飲めるのかな？　ストロー、までは気がつかなかったか」

「すみません」

『そりゃジュースの挽回《ばんかい》をしようとして、ビスケットに気をとられてただろうからな』

――――けど、そういった大人同士のうんぬんを、彼らは七生に向けたりしなかった。

常務も広報部長も七生が迷子になったら、ちゃんと探してくれた。

それも七生の目線に立って、自ら膝を折ってだ。

俺にとっては、これだけで十分だった。仮に仕事上でどんなに絡まれ、敵視されたとしても、それはそれでこれはこれって割り切れる。

だから、この場では素直に七生の兄として感謝も起こった。

「ありがとうございます。七生を探してくださって。このたびのことを含めて、いろいろご迷惑をおかけしてしまって、本当に申し訳ありません」

俺は植木から離れて、常務たちの傍へ寄ると、まずは身体を二つに折った。

「いや…、謝らんでもいいよ。小さなお子さんがいるのを承知の上で、お父さんに来社をお願いしたのはこちらだからね」

苦笑いはしていたけど、常務の物言いは穏《おだ》やかだった。さすがに赤ちゃん言葉を連発したあとだけに、気負っても仕方がないと諦めたようだ。

でも、こういう一面があるから、七生は常務の呼びかけに応じたのかな？

麦茶とビスケットだけで、ここまで懐《なつ》くことはないよな？

「おっちゃの、抱っこーっ」

「こら、七生」

「大丈夫だよ。人懐っこくて、とても可愛い子だ。テレビで見るより、実物のほうがなん倍もいい。元気で愛嬌《あいきょう》もあって、何より物怖《ものお》じしないところがすごい」

俺の危惧をよそに、七生は座り込んだままの常務の膝にちょこんと座った。

キャップをとってもらったペットボトルを抱えて、とても嬉しそうだ。

「だが、逆を言えば、これでは目が離せない。私のような厳《いか》つい姿の者を見てもこの調子だ。簡単に誘拐されてしまいそうで、自分の身内だったら家から出せないだろう。先ほど本郷常務が言ったことは正しい」

七生が麦茶を飲もうとしたら、常務がちゃんと手を添えてくれた。

このことを鷹崎部長や鷲塚さんに言っても、信じてくれるかな？

目の前で見ている俺でさえ、なんだか狐《きつね》に摘《つ》まれたような心境だ。

戸惑う俺を常務が見上げる。

「この子を含め、君たちご家族はとても魅力的だ。理屈抜きに惹かれるところがある。それは私自身も世辞抜きに感じている。これでも入社以来広報一筋できた。多くのタレントも直《じか》に見てきたから、自社製品と抱き合わせたときに売ってくれそうな者は一目でわかる」

ふと、常務の目つきがガラリと変わった。

七生に向けていた顔とは違う。いつもの厳しい顔つきだ。

「しかし、どんなにこれはいけそうだと思ったところで、今の世の中は危険だ。一見そうとは見えない普通の人間が、悪気なく事件を起こして他人を貶《おとし》める。あえてそんな危険な世界へ、分別もつかない子供たちを投じるわけにはいかないというのは、親兄弟としては当然のことだ。会社の利益を優先したとはいえ、いろいろ無茶なことを言ってすまなかった。申し訳ない」

「常務」

改めて謝罪をされて、俺は〝だから普段の顔に戻ったのか〟と納得した。

七生に向けていたのは、一個人に戻ったときの顔だ。

でも、常務はあくまでも常務として、俺にはけじめをつけておきたかったんだろう。

俺がまだまだ二年目の、けどこれから何十年もこの会社に勤める可能性を抱いた社員の一人だから――――。

「おっちゃ？」

「七生くん。お兄ちゃんも来たことだし、これはさっきのお部屋で、みんなで食べようかね」

「あーいっ」

常務の顔はすぐに近所のおじさんになっちゃったけど、俺は気持ちよく返事をすることができた。

「はい。ご一緒させていただきます」

「っ、私も」

広報部長は、何かと取り繕《つくろ》うのに精一杯だったみたいだけど、これまでのように睨んできたりはしない。西都とハッピー、双方の常務が出した結論だけに、それに逆らう気持ちはないようだ。七生と手を繋いで前を歩く常務の後ろを、一歩下がって着いて行く。

しかし、ようやく安堵できたかと思ったときだった。

「あ、そうだ。こんなことを言ったと知れたら、また鷹崎に噛みつかれるかもしれないが。君はサラリーマンの顔より、長男としての顔のほうが生き生きとしていて魅力的だね。まあ、年季が違うから当然だろうが」

とてもさらりと常務に言われて、俺は足がもつれそうになった。

「いえ、そんなことはありません。もっと精進《しょうじん》します。勉強します。これからは、もっと生き生きとした顔で営業ができるように心がけます」

他に言葉が出てこなかった。

これが他の人ならもっとうまく返すだろうけど、今の俺にはこれが限界だ。咄嗟に言われたことの意味を理解するだけで精一杯だ。

「そうしてもらえるとありがたい。我々ぐらいの世代になると、自社製品も家族同然で可愛いものだから」

「はい」

常務は俺を見ることなく笑っていた。

俺は、常務の赤ちゃん言葉以上に衝撃的なことなんて、しばらくないだろうと高《たか》を括《くく》っていたが、ものの見事に裏切られた。

それも常務自身に。

『兎田くん自身にいい売りが増えるだろう。営業をしていくには、もってこいの顔づくりになる――――か。前に言われたあれって、百パーセント嫌味じゃなかったんだ。言い方は威圧的だったけど、常務なりのアドバイスが入ってたんだな』

常務が俺にCM出演や世間への露出を推《お》したのは、広報部長に対しての後押しだと思っていた。あとは常務としての力の誇示《こじ》で、それ以外には何もないと信じていたが、そうではなかったらしい。

『長年勤めた会社が可愛い、自社製品が我が子同然に可愛いから、俺の顔を売って自社製品と抱き合わせたかったたってことか』

俺は、長い廊下を歩きながら、今一度考えさせられた。

まだまだ入社二年目の俺に何ができるんだろう？

少なからず高卒で雇《やと》ってもらって、社員割引で自社製品を買わせてもらって、時にはいただいてしまったりして、人一倍恩恵を受けていることは間違いない。

仕事で返すことが一番だと支社長にも言われたけど、それには常務が言うように営業職としての顔づくりがいるんだろう。

きっと俺にしかできないような、売り込み戦略みたいなものが――――。

『長男としての顔のほうが生き生きしてるか。ってことは、案外家族馬鹿ならぬ自社製品馬鹿になってもいいのかな？　まだまだ社歴や手腕で先輩たちに敵《かな》わなくっても、一家庭での年間消費量なら負けないはずだ。特に入社してからは、一日一食二食は何かしらの形で弟たちに自社製品を食べさせている。それも何一つ疑うことなく、当然のように。でもこれって、安心があるからだよな？　会社の中に入って、品質管理に対しての厳しさを目《ま》の当たりにして。俺の中に、安くて安心なんて超ラッキーだ。みたいなのが…』

俺は、半歩先を歩く七生の後ろ姿を見ながら、これまでにもらったいろんな人からの言葉を思い起こした。

〝ああ、この子。うちの粉もん食うて、ここまで育ったんやな思えて。なんや、嬉しいやろう〟

常務からもらった言葉と、先日支社長からもらった言葉が繋がった気がして、これまでにはなかった新しい仕事意欲が湧き起こってきた。

＊＊＊

ビルの谷間に沈んだ夕陽が、そろそろ消え入りそうな時刻となった。

父さんと七生が会社を出てから就業時間までは、あっという間に過ぎた。

自分なりに新たな営業ビジョンが見えてきたこともあり、週明けからの外回りの準備がこれほど楽しく感じたことはない。

日中のドキドキ、ハラハラが嘘みたいだ。

「寧、終わったのか？」

「はい。鷲塚さん」

「あ、鷹崎部長も上がりだったら、駅までご一緒しませんか」

「ああ」

俺は、特に長引く残業もなかったことから、鷹崎部長や鷲塚さんと一緒に駅まで歩くことになった。

相変わらず鷲塚さんは、それとなく気を遣ってくれる。ここで声をかけてもらわなかったら、俺は鷹崎部長と駅まで並んで歩くこともできない。

鷹崎部長は気にしなくていいって言うけど、なかなかそうもいかない。部下思いで、仕事ができる二枚目上司だ。何もなくても傍に居たいと願う女性は多いし、雑談でもいいから交わしたいという男性社員も多い。

俺はたまたま育児経験者で、家族もみんなウエルカムな性格だ。率先《そっせん》して、鷹崎部長の愛娘《まなむすめ》となっているきららちゃんの面倒をみられる立場にあるから、部下の中では一番距離が近い。

そのせいもあって、誰一人として〝実は家族公認の恋人同士だ〟なんて思わないんだけど――。

でも、やっぱり、いつ何があるかわからないから、会社では明確な理由があるとき以外はくっつかないように心がけている。

そうでないと、鷲塚さんが一緒にいても顔がにやけてくるような俺だし。この前なんかトイレの洗面所でばったり会った、一分にも満たないところで二人きりになれただけで、嬉しくて破顔しちゃったぐらいから。

ただ、今日の鷲塚さんが俺たちを誘ってくれたのは、この話がしたかったのかな？

「いや、まいったというか、なんというか。こんなに社員が一丸《いちがん》となって動いたのって、初めてじゃないのか？　誰も彼もがいたるところで〝七生ちゃーん〟とか言って、机の下とかトイレの中とか覗き込んでてさ。無事に見つかって安心したとはいえ、思い返したら可笑《おか》しいのなんのって」

あれから鷲塚さんは、あらゆる階で同じ現象を目にしたらしくて、思い出し笑いが止まらない。今もお腹を押さえて力説中《りきせつちゅう》だ。

「それより、あの常務が一張羅《いっちょうら》姿で資料室の床を四つん這いになるなんて、まだ信じられないよ。赤ちゃん言葉を使った上に、兎田に謝ったなんて青天《せいてん》の霹靂《へきれき》だ。今夜は雷雨《らいう》か雹《ひょう》が降るかもしれないぞ」

鷹崎部長にいたっては、常務の姿が想像できないらしくて、何度となく首をかしげていた。この分では、目の当たりにしていたら、俺以上に衝撃を受けていたかもしれない。

けど、それはそれで不思議がない。

鷹崎部長は、専務と常務が三役になる前の、まだ現場で管理職をしていた時代の新入社員だ。本社に転勤にするまでの三年間は常務のみならず、ありとあらゆる部署と部署のぶつかり合いを見てきているし、かなり巻き込まれて揉まれている。

入社当時から、群を抜いて成績がよかったことで目立ってしまい、よくも悪くも二言目には「鷹崎！」と、先輩や上司から名指しでどやされていたそうだ。

おかげで転勤が決まったときには、大喜びで大阪へ行ったが、本社はもっとすごかったらしく、さすがに、「もう、下手に出るのはやめるぞ！　相手が誰でも理不尽なことに対しては、正々堂々と言い返すぞ！」と決めて、三役相手でも噛みつくときは噛みつく今のような鷹崎部長になったそうだ。

いや、それでも十分いい人だし、良識もあるけどね。

「七生くんが天性《てんせい》の人たらしってことでしょうね。社内で一番うるさかったおっさんに見つけられて、しっかり懐柔《かいじゅう》するなんて。本当、お兄ちゃん思いというか、なんというか。支社長から常務まで味方に付けたら、向かうところ敵なしですよ」

「それは言えてるな」

鷹崎部長は鷲塚さんの言いぐさが可笑《おか》しかったらしくて、肩を震わせていた。

俺からしたら、鷲塚さんのほうが営業に向いていたんじゃないかって思うぐらい、彼のトークは軽快だ。聞いていて何度も吹きそうになる。

「それにしても、先手必勝だったよな。まさか礼状ハガキにさりげなく、〝出演はこれきり宣言〟を含めるなんて思わなかった。やっぱり兎田さんは士郎くんのお父さんだったってことかな」

「それは何かニュアンスが違わないか？」

「でしたら寧のお父さんってことで、天然最強？」

「そのほうがしっくりくる」

年も現場も違う二人の話題は、主にうちの家族ネタ。なので、油断をしていると、すぐにこういうことになる。

「え？　どういう意味ですか、それは」

「正直者が得をする場合もあるんだっていう、希望を見せてもらったってことだよ」

「鷲塚さん」

ニヤッとされて、褒められた気がしない。

「まあ、あそこで七生くんにカメソングを歌われたあたりで、今日は全員が観念したと思うぞ。俺からしたら、本社の広報担当まで黙らせたってところが、七生くんの圧勝だよ。本来なら黙らないし、機関銃並みにオラオラで攻めてくる。そう考えたら、常務が落ちるぐらい、わけなかったのもしれない」

前年度まで、その機関銃にさんざん攻められていただろう鷹崎部長が言うと、真実味があった。

恐るべし七生のマイペース！　無垢《むく》な笑顔という名の最強攻撃!!　だ。

「今頃家で歌ってるのかな？　カメたんたん♪」

「多分、武蔵や父さんと一緒に」

「俺も混じって、癒されたいなぁ」

「鷲塚さんってば」

誰が聞いて広めたのか、午後は社内のいたるところで、このカメソングを耳にした。

きっと家でも二、三日は、この歌が流行《はや》るだろう。

その後はカメが別の何かに変わって、歌い継がれるかもしれない。

「あ、鷹崎！　ちょっと止まってくれ、鷹崎！」

すっかり和《なご》んでいると、背後から声をかけられる。

呼ばれたのは鷹崎部長だけど、俺と鷲塚さんも立ち止まって振り返った。

追いかけてきたのは覚えのある男性で、俺が毎朝エントランスフロアで挨拶を交わしている経理課長の奥村《おくむら》さんだった。

「どうした？　奥村」

「来週なんだけど。獅子倉《ししくら》を始めとする東京支社からの海外転勤組が、出張でこっちに帰って来ることになってさ。同期会をやろうっていう話が出てるんだ」

「獅子倉たちが？　なんだよ、あいつ。俺には何の連絡もくれないで」

経理課長は鷹崎部長の同期だったのか！

他部署の課長だし、名前と顔ぐらいしか知らなかったけど、すごく親《した》しそうだ。

でも、獅子倉さんって誰だろう。初めて聞いた名前だ。

俺と鷲塚さんは、時折目配せしながら、鷹崎部長たちの話に聞き入っていた。

「それとまったく同じ台詞を獅子倉からも愚痴られたぞ。お前、そもそも東京支社に戻ったことを、きちんと知らせてないだろう」

「あ、そう言われたら…。直接やり取りしたのはこっちに来る前が最後だったな。ハリケーンのときも、それどころじゃなかったから、仕事以外の話なんかしなかった」

「ふて腐れてたぞぉ～。本社から支社とはいえ、部長クラスへの大栄転だ。風の噂では聞いていたけど、本人からは何も言ってこない。転勤直後で忙しいだろう、落ち着いたら知らせて来るだろうと気を利かせていたら、ハリケーンが過ぎても連絡してこない。なら、夏休みはどうだと思っても丸無視だ。なんて薄情な男なんだ！　よっぽどいい女でもできたのかって、ブーブー言ってたからさ。その通り！　今、鷹崎は美少女天使な姪っ子ちゃんのことで手も頭もいっぱいだ。同じ社内にいたって構ってもらえないのに、地球の裏から何かを求めても無駄な抵抗だと言っておいた」

どうやら経理課長を含めて、三人は仲がいいのかな？

同期という横の繋がりには、まったく入っていけない。俺と鷲塚さんは傍に立って見ているだけだ。

「そうか。悪かったな。あとでメールしておくよ」

「そうしとけ。それより、同期会。たぶん来週末の夜になると思うんだけど、姪っ子ちゃんって夜間保育とかで預けられるか？」

「それは無理…」

あ、でも――ちょっとだけ参加ＯＫな隙間が見えた。

「部長。きららちゃんなら、うちで預かれますよ」

俺は間髪を入れずに手を挙げた。

「兎田」

「俺もフォローしますよ。たまには羽を伸ばしたらどうですか？」

「鷲塚」

すかさず鷲塚さんも乗ってきた。

すると、経理課長が「ラッキー。よかったじゃないか」と鷹崎部長の腕を叩いた。

「同期会なんて滅多にないんだから、この際《さい》甘えさせてもらったらどうだ？　もちろん、子守役を買って出てくれた兎田には、俺たちからも何か礼をするし」

「そんな！　お礼なんていりませんよ。部長にはいつもお世話になってますし。それに、うちは子供が一人増えてもそう変わらないですから」

「それもそうか――――ってわけにはいかないんだよ。こいつは昔から融通《ゆうずう》が利かないんだから。せめて子供たちにおやつぐらいは出させてもらわないと、次が誘えなくなる」

俺が慌てて断るも、経理課長がニッコリ笑う。次があったら、また頼みたいからといい含めてくるところは、鷹崎部長の友人らしい。

他人の親切には素直に甘え、でも気持ちよくお礼をして、今後もいい関係を築いていく。

鷹崎部長のやり方とまったく同じだ。

「あ、そういう理由でしたら、ホットケーキミックスを二キロぐらい進呈《しんてい》してもらえたら、いつでも快《こころよ》く引き受けますよ」

ただ、ここで俺があえて「いただけるというおやつ」を指定したのは、変に高価なものやお金を用意されると、こっちが恐縮するからだ。

ぶっちゃけ社員価格なら、ホットケーキミックスでも一キロ二百円もしないで譲ってもらえる。二キロ買ってもらっても、煙草《たばこ》代に満たないのがわかっているから、そのほうが気兼《きが》ねもない。

子供たちにしても、ホットケーキをみんなで焼くというところから楽しめるし、できあがっている高価なお菓子やケーキをもらうよりも、我が家的にはありがたい。

同じ粉でドーナツやクッキー、パウンドケーキにもアレンジできるし、これで何を作ろうかって話し合うところから会話も弾む。

「それでいいのかよ。俺たちが相手なんだから、もっと強請《ねだ》れよ。業務用で二袋ぐらい言っていいんだぞ」

とはいえ、相手はそれなりに立場も稼《かせ》ぎもある管理職だ。いきなり業務用まで言ってきた。経理課長だけに、夜間保育で預けたら、それなりの料金を取られると知っているのかもしれない。

もしくは単純に気前がいいかのどちらかだろうが、この場合はどちらもありそうだ。

「それは多すぎです。一袋二十五キロですよ。しばらく三食ホットケーキ生活になっちゃうじゃないですか」

「うわっ。三食続けて…目に浮かぶ。でも、兎田の家なら、毎食違うものにアレンジして使い切りそうだよな」

「鷲塚さん！　そんなことしたら、士郎に糖質が多すぎって怒られますよ。今はいいけど、将来的に糖尿病や生活習慣病が心配とか真顔で言われるの俺ですよ」

「うわはっはっはっはっ！　そのやり取り、直《じか》で見たいよ」

適当なところで鷲塚さんがちゃちゃをいれてきたので、どうにか業務用二袋はご遠慮できたかな？

経理課長は「あ、そうか」と笑いながら、言葉を続けた。

「まあ、なんにしてもお礼はするよ。飽きが来ないように、いろいろな種類をセットにして。な、鷹崎」

どうやらホットケーキミックス五十キロはなしになった。

代わりに、別の気を遣わせてしまったかもしれないが、そのあたりは次への貯金にしておこう。

「なら、お言葉に甘えさせてもらうか」

鷹崎部長にも、たまには羽を伸ばしてほしい。

今後も気兼ねなくきららちゃんを、俺だけに預けてほしいから――。

3

九月も終わろうという週末のことだった。

鷹崎部長は、同期会に出席するために定時で上がった。

予定があるときは、それに合わせて日々の仕事の調整をする部長だけに、突発対応が必要なことが起こらなくてホッとした。他部署でトラブルが起こったという話も流れてこないし、この分なら同期会は全員参加できそうだと、部署内でもそれとなく話題になっていた。

やはり、常に注目の的だ。

「すまないな、兎田。終わったらすぐに迎えに行くから」

そんなことを言ったら、せっかくの同期会なのにお酒も飲めない。俺は、つい笑ってしまった。

「大丈夫ですよ。お迎えは明日ゆっくりでいいので、今夜ぐらいは心置きなく過ごしてください。そうでないと、すでに送ってもらったおやつをお返ししないといけないので」

「そうか。いつも頼ってばかりで悪いな」

結局今週に入って、我が家には「同期会一同より」という差し出しで、薄力粉と強力粉とホットケーキミックスが各十キロの合計三十キロに、なぜか新米十キロが合わせて届いた。

これは誰のチョイスなんだろうと鷹崎部長に確認したら、同期ですでに結婚している人の奥さんからのアドバイスだったらしい。

おかげで今週は、七生のカメソングが粉ソングや米ソングに変わって歌われ続けている。すべて主食だし、日持ちがするし、有難《ありがた》いなんてものではない。きららちゃんが我が家に来るのはいつものことなのに、申し訳ないぐらいだ。

その分鷹崎部長には、今後も同期仲間と羽を伸ばしてもらわないと。

「鷹崎！　お待たせ」

部署前で立ち話していると、廊下の先から声がかかった。

見れば、情報通な鷲塚さん曰《いわ》く、入社当時から「十年に一度の逸材《いつざい》揃い」「稀代《きたい》の東京九〇期」と呼ばれている西都製粉東京支社の二〇〇五年入社組が揃っていた。

現在この支社には、本社から戻った鷹崎部長を含めて七名が在社している。

残り三名はオタワ支社（カナダ）、シドニー支社（オーストラリア）、カンザス支社（北米カンザス州）にいて、今回はその三人が示し合わせて出張帰国を企《くわだ》てたことで、同期会をしようとなったらしい。

ちなみにこの「稀代の東京九〇期」は全員男性だ。

本社や他支社には同期の女性がいるのに、なぜかこの東京支社にだけ男性しかいなかったらしくて、それでムキになって仕事に励《はげ》んだ。男ばかりだったからこそ、仕事では切磋《せっさ》琢磨《たくま》し、でも同期の結束は強まり、いい関係ができあがったらしい。

この様子だと、今後も間違いなくこの縁は続きそうで、羨ましい限りだ。

「今行くよ。――じゃあ、兎田。きららのことをよろしく頼むな」

「はい。いってらっしゃい」

それにしても、こうしてみると圧巻《あっかん》だった。

俺の「それでもやっぱり鷹崎部長が一番カッコイイよな」的な贔屓目《ひいきめ》で見ても、何か迫力が違う集団だ。

ルックス自体は各々個性的というか、なんというかだけど。全員姿勢がよくて、そこはかとない自信が後ろ姿まで漲《みなぎ》っている。

その場に居るだけで人目を引く力があって、いつの間にか通りすがりの社員が自然と足を止めて眺めている。さすがは各部署の管理職集団だ。

「俺たち九七期組も、ああなりたい。いや、あれ以上を目指したいよな」

いつの間にか俺と一緒に見入っていただろう、同期で同部署にいる男性、森山《もりやま》さんが話しかけてきた。

同期とはいえ、俺以外はみんな大卒だから必然的に年上だ。

「そうだな。せっかく兎田という極上な結束素材があるんだ。ここらで何かやらかしたいよな。俺たちも同期メンバーで」

俺に言ってきたのかと思ったら、ちゃっかり様子を見に来ていたらしい鷲塚さんに対してだった。いきなりの話に戸惑ってしまう。

「え？　どうして俺!?」

「どうしてって聞かれても、兎田はいろんな意味で我が社の有名人だから。これを生かさない手はないだろう」

それを言うなら、利用しない手はないだって。

「俺たち平成生まれの世代も、何か爪痕《つめあと》を残したいだろう。いずれ我が社も創立百周年を迎えるわけだしさ」

俺はすかさず身を引いた。

「そんな大それたこと、みんなにはできても、俺には無理です。遠慮します」

「そういうわけにはいかないんだよ！」

「そうそう。支社長にも言われたんだろう。十年、二十年後に、こいつは会社にとってお買い得な社員だったと思わせるような仕事をしろってさ」

ようやくＣＭ騒動が落ち着いたんだ。これ以上矢面《やおもて》には立ちたくない。

鷲塚さんたちの言わんとすることはわかるけど、しばらくは自分の仕事に没頭《ぼっとう》したい。

波風の立たない生活を送りたいというのが、俺の本音だ。

「あ、俺はきららちゃんのお迎えに行くんで、これで。じゃあ、お疲れ様でした」

俺は、正当な理由を口にし、いそいそとその場から離れた。

「兎田！」

「もう――――気をつけて帰れよ」

最後は気持ちよく？　見送られて、会社をあとにした。

「さてと。急ごう」

西新宿から一路麻布《あざぶ》へ、会社からきららちゃんが通う幼稚園へと向かった。

思えば鷹崎部長との関係がプライベートにまで及んだのは、今日のように頼まれて、俺がきららちゃんを幼稚園に迎えに来たことがきっかけだった。

おそらくあれがなかったら、上司と部下の関係のままだったかもしれない。

もしくは俺だけが好きになって片思い？

いずれにしても、何がきっかけで恋が始まるかわからない。交際となったら尚更だ。

「お待たせ、双葉。きららちゃん」

「寧兄」

「あ、ウリエル様！」

麻布の中でも閑静《かんせい》な住宅街の中にある私立の幼稚園には、保育園も併設《へいせつ》されていた。

早朝、延長、夜間保育から果《は》てはお泊り保育まで完備されているところが大人気で、昼夜通して子供を預かることから園内のセキュリティシステムも充実している。

そのため、こうしたお迎えも本来なら登録された保護者以外はできず、俺のように臨時《りんじ》で迎えに来る場合は、あらかじめ保護者からの申告と顔写真が確認できるものが、幼稚園

＊　＊　＊

側に提出される。

今日は、お台場《だいば》の高校に通う双葉が、授業終わりに直行してくれることになっていたから、昨日のうちに合わせて報告されていた。これで双葉も園側に顔と名前が登録されたから、万が一会社で急用が立て続いても、代わりにお迎えに来てもらえる。

まあ、うちの家族はきららちゃんと一緒に出演しているＣＭがあるから、父さんが来ても即ＯＫだ。そういう意味では、身分証明代わりになって得した部分だ。

「あら、兎田さん。お待ちしてましたよ」

俺が園庭で遊んでいた二人に声をかけると、建物内から年配の女性が姿を見せた。

「園長先生。いつもありがとうございます」

「いえいえ、いいのよ。弟さんが早く着いたからって、きららちゃんだけでなく、他の子たちまで一緒に遊んでくれて。本当に助かったわ」

いつもニコニコとしていて、優しげな声や口調は、聞いていると俺まで癒される。

ちょっとふくよかなシルエットも安心感を誘う。

「みんなでにゃんにゃんエンジェルズごっこしたの！　ラファエル様すごくカッコよかったよ！」

肩を覆うサラサラな黒髪に陶器のような白い肌。つぶらな瞳に艶《つや》プルな唇のきららちゃんは、誰の目から見ても美少女だ。素直で優しくて、本当に可愛い。

鷹崎部長のお兄さんがハンサムなのは当然としても、きっと奥さんも美人だったに違いない。

そう考えると、ＣＭで矢面に立ったのがうちの大家族でよかった。

あとから急遽《きゆうきよ》参加になったきららちゃんに何かあったら、それこそ大変だではすまない。

このあたりは、一番被害を受けただろう双葉も同意見だが、樹季や武蔵あたりでも同じような心配をしたぐらいだ。世間の騒ぎを実感するたびに、「きららちゃんは大丈夫かな」「きららは女だから心配だよな」って、聞いてるほうがほっこりしちゃうようなことを言っていた。

うん。幼くても、立派に男子だ。

「そう。よかったね。双葉、頑張《がんば》ったんだな」

それはそうとラファエル様って誰だっけ？

前も聞いた気がするんだけど、何話目ごろに出てきたキャラクターなのか、いまだに俺には思い出せないし、覚えてない。

この辺りは、現在人気上昇中の〝聖戦天使・にゃんにゃんエンジェルズ〟のアニメが、俺の父さんの原作だと知った途端に、全話制覇《せいは》した鷹崎部長のほうが詳しい。

双葉や士郎あたりも抜かりはないので、メインキャラは大概《たいがい》わかる。

俺は入社して、膨大な自社製品と麦の性質や産地を覚える努力を始めたあたりで、わからなくなった。毎回この手の話には、心の中で「ごめん」と呟いている。

「はっはは～っ。武蔵が泣きそうな顔で、デビルくんのコスプレしていた気持ちがわかったかも」

双葉の笑顔が辛《つら》そうだった。この分だと、そうとう頑張ったようだ。

でも、家では見たことがない現役高校生の美少女アニメごっこなら俺も見たかったかも。

「まぁ。とにかく、これ以上遅くならないうちに帰ろうか」

「そうだね」

「はーい！」

園長先生に挨拶を済ませて、俺たちは幼稚園を出た。

俺と双葉が手を伸ばすと、制服姿に帽子をかぶり、指定のリュックを背負ったきららちゃんが嬉しそうに両手を伸ばして握ってくる。

「せーの」

「ジャーンプ！」

この体制になると、俺たちは自然と歩きながら両手繋ぎジャンプをしてしまう。

「わーいっ」

俺と双葉が繋いだ手を高く上げると、きららちゃんがぴょーんと飛ぶ。

その笑顔はいつにも増して、キラキラと輝いていた。


幼稚園から都下のベッドタウンにある俺の自宅までは、徒歩と電車で一時間半弱はかかった。

通勤サラリーマンの帰宅時間が重なる時刻、車内もかなり混んでいたから、きららちゃんには何度か「抱っこしようか」って聞いた。

けど、そのたびに「大丈夫！ きららはみんなのママだから」と頑張ってくれた。

それでも電車が揺れるたびに、俺や双葉の足にしがみついていたきららちゃんが可愛くて、俺たちは間違っても余所《よそ》の他人とぶつからないように細心の注意を払った。

鷹崎部長から預かったからという以上に、すでにきららちゃん自身が身内同然のお姫様だ。妹分というよりは、本当に小さなお姫様って感じで、このときばかりは俺たちもナイト気分で家路《いえじ》をたどった。

今からこんなで、将来きららちゃんに彼氏ができたら、どうなるんだろう？

本当に変な奴にだけは絡まれてほしくない。

――――なんて考えてるところで、もう舅《しゅうと》・小舅《こじゅうと》根性丸出しだ。

「ただいま」

そうしてようやく帰宅した。時刻は八時を回っていた。

「ひっちゃー、ふっちゃー、きっちゃー」

「ひとちゃん、ふたちゃん、きらら、お帰りー」

「寧くん、双葉くん、きららちゃん、お帰りなさーい」

玄関まで七生と武蔵と樹季が走ってきた。

隣の家からも、近々パパになる予定のエリザベス（セントバーナード・五歳♂《オス》）の声が聞こえた。まるで俺たちに「おかえり」と吠えているようだ。

「おじゃましまーす」

「おうっ」

「いらっしゃい。きらら」

みんなでリビング・ダイニングまで直行すると、すでにお風呂から上がってソファにふんぞり返ってスマートフォンを弄《いじ》る充功と、何やらノートパソコンに向かって作業中の士郎が声をかけてきた。

「お帰り。夕飯の支度ができてるから、着替えておいで」

「はーい。ミカエル様」

キッチンで忙しく動いていたのは父さん。

俺はリビングと隣接している自分の部屋にきららちゃんを誘導して、着替えを用意した。

ここのところ、月に三度は来ているきららちゃんのお泊りセットは、押し入れの一角や衣装ケースに常備してある。

これは七生のウサギルック同様、きららちゃん宛《あ》てに視聴者さんからプレゼントされた洋服に、父さんのお仲間さんが趣味で作ってくれるにゃんにゃんコスプレ衣装、さらにはお隣の家のおばあちゃん（エリザベスの飼い主さん）が、「女の子の服や小物も可愛くて楽しいわ！」と、新たな楽しみを覚えて買ってくれたものばかりだ。

おかげで一週間ぐらい預かっても平気なぐらいの量がある。

これらの中に、鷹崎部長やきららちゃん自身が持ち込んだものが一つもないだけに、二人は来るたびに増えている衣類や生活必需品に驚愕と恐縮をしている。

まあ、誰が何を言わなくても、父さんも俺もにゃんにゃんがついた日用品を見ると、つい買ってしまう。双葉もバイトをしているから、やっぱり目につくと手に取りレジへ行ってしまう。

しかも、それを見て「終わってるよ」と呆れ顔の充功にしても、最近週末になると少ないこづかいで買ってくるのが、にゃんにゃん絵のついた駄菓子だ。

士郎が「本当に終わってるね！」とからかうが、士郎の偉いところはきららちゃんにばかり品物が偏《かたよ》らないように、樹季や武蔵、七生のフォローに戦隊物の駄菓子を少しでも買ってくることだ。

当の樹季や武蔵、七生はお父さんと買い物に行くと、「きららちゃんが来るから」という絶好の口実を使って、あえてにゃんにゃん絵の駄菓子（ここは中身が食べられさえすればいいチビッコたちだ）をおねだりして買ってもらっているのに。こういうところでも各自の性格が出る。

いや、士郎の気遣いには、いつも脱帽《だつぼう》だけどね。

「ウリエル様。これでいい？」

俺が着替え終えると、背後から家着に着替えたきららちゃんが声をかけてきた。

衣装ケースの脇に、制服、帽子、リュックがきちんと並べられている。

「わぁ。制服、綺麗に畳めたね。すごいね、きららちゃんは」

「本当！　嬉しい。きらら、みんなのママだから、もっと頑張る」

「ありがとう。じゃあ、手を洗ってうがいをして、ご飯にしようね」

「はーい！」

きららちゃんにしても、普段から鷹崎部長のお手伝いをいっぱいしているんだろう。

小さいころは女の子のほうが成長も早いと言うけど、それにしたってきららちゃんのしっかりさ加減は群を抜いている。

俺からしたら、もっと甘えていいのになって思うぐらいだ。

『みんなのママか。実はみんなの中には鷹崎部長も入ってたりして』

当然うちに来ない週末や平日はパパと二人きりだから、自然に頑張っちゃうのかもしれないけど――――。

「じゃあ、座って」

「はーい」

俺たちがリビングに出ると、二つ並べた長座卓《ながざたく》の中央には、小さめのおにぎりとおかずを盛った大皿、そしてランチプレート（既にサラダとピーマン＆シイタケの肉詰めは小分け済み！）に、お味噌汁と麦茶が入ったグラスが九人分置かれていた。

「みんな、食べないで待っててくれたの？」

俺が驚いて聞くと、父さんが「一時間ぐらいだったから」と答えながら席につく。

すでに母さんの仏壇《ぶつだん》にも、同じものが取り分けられて、供《そな》えられている。

「七生はこっそりミルク飲んでたー」

「むっちゃも、んまっ！」

「俺のはおやつだもん。七生のミルクはご飯《はん》だろう」

「ちーのっ」

武蔵と七生がやり合うのを見て、充功がプッと吹く。

「どうでもいいし。腹減ったし」

食卓に着いたきららちゃんが、そっと俺の手を握ってきた。

「パパも今頃ご飯食べてるかな？」

可愛いな――本当に。夕飯がこんな時間になってしまって、お腹が空《す》いてるのはきららちゃんのほうだろうに。

「みんなといっぱい食べてるから心配ないよ」

「そっか。よかった」

「じゃあ、いただきますしようね」

「はーい」

そうしてみんながそろうと、父さんの掛け声に合わせて、遅い夕飯開始だ。

とはいえ、ピーマンにシイタケの肉詰めという容赦ないコンボメニューに、弟たちはいつものような勢いがない。きららちゃんが来るからといって、ハンバーグやカレーライスにならないあたりで、父さんも〝うちの子同然〟扱いなのが窺える。

「きららちゃんは好き嫌いがなくて、えらいね」

父さんに満面の笑みで褒められたら、きららちゃんも覚悟を決めるしかないだろう。

「うん！」

元気な返事とともに、フォークでピーマンの肉詰めを刺して強引に口の中へパクっ。

噛んで飲み込んだまではいいものの、若干頬がふるふるしている。

それを見逃さないのは、将来きららちゃんをお嫁さんにしたいらしい武蔵だ。

「嫌いなのあるよ。きらら、バーベキューのときには、ピーマンだけ食べなかったもん！」

「あれはパパが好きだから、きららの分までお皿に載せてあげたの！」

こういうときだけは、好きも何も関係がないのかな？

ここぞとばかりに指摘する武蔵に、きららちゃんの言い訳が面白い。

「じゃあ、その分」

「何するのよ！　やっと食べたんだから、増やさないでよ」

普段は「みんなのママだから！」と頑張っているきららちゃんから、悲鳴に近い苦情が上がった。

するると、待ってましたとばかりに、充功と樹季の野菜嫌いコンビが動き出す。

「だったら武蔵には俺からやるよ」

「あ、僕からもあげる。武蔵、優しいね。きららちゃんのためにに自分のピーマンをあげるなんて。えらいえらい」

ピーマンの肉詰めから、肉だけが食べられたピーマンが、ほいほいと武蔵の皿に移された。せめて肉詰めのまま移してやればいいのに――この二人は！

「えーっっっ！　やめてよ、みっちゃん！　いっちゃん!!　うわーんっっっ、助けてひとちゃんっっっ」

あっという間に武蔵のランチプレートには、ピーマンが積み上がった。

「うわぁ、壮絶《そうぜつ》。とうとう武蔵に充功と樹季の洗礼《せんれい》が下ったな」

「きららをからかったりするからだよ」

双葉と士郎は着いた席がよかったのか、今夜は高みの見物だ。

俺はきららちゃんと七生を両脇に抱えているから、さすがに武蔵のフォローまでは手が回らない。

だが、ここで満面の笑みを崩すことのない父さんが動いた。

「なら、充功と樹季には父さんから分けてあげようね」

「え!?　いきなりくる？」

「お父さん、いつも不参加なのにぃっっっ」

ピーマンどころか、初めから肉が詰まっていなかっただろうシイタケまでセットで二人の皿にほいほい移した。

さすがにこれまで余所《よそ》へ移すことは許されない。充功と樹季は、武蔵の皿に移した倍のピーマンとシイタケの完食を強《し》いられることになった。

そして、その後は「あ、上げすぎちゃった」と言いながら、父さんは武蔵の皿から増やされた分だけを自分のほうに移した。

「残りはちゃんと食べるんだよ」

そう言って釘を刺されたら、武蔵も「はい」と答えるしかない。

かなりお行儀《ぎょうぎ》が悪いけど、これがいつもの我が家の食事風景だ。もちろん、外や学校給食では絶対禁止だけどね。

「今夜は平和でよかったな、士郎」

「うん。ちょっと気味が悪いけどね」

被害に遭わなかった士郎だが、これはこれで調子が狂うのか、今一《いまいち》笑えないでいた。

落ち着いたところで、俺は七生の食事に目を向ける。

「さ、七生も残さず食べようね」

「ひっちゃ〜。あーんって」

待ってましたとばかりに、七生は小さく切られたピーマンの肉詰めをフォークで刺して、俺に差し出してきた。

「甘えん坊だな」

それでも食べる気は満々なので、俺は七生にあーんしてやる。

すると、七生はやっぱりピーマンで引っ掛かっているのか、なかなか飲み込めずに噛んでいた。なんだか餌《えさ》を頬張《ほおば》るハムスターみたいになっている。

「美味しいね。はい、ゴクンして」

ニッコリ笑いかけると、コクリコクリと頷きながら、飲み込もうとした。

両手で頬を押さえて、眉間に皺を寄せて、どうにかゴクンだ。

「ん、んまよぉ…っ」

この必死さがたまらなく可愛い！

七生はこの世の終わりみたいな顔をしながら飲み込んだのに、それでも無理矢理笑って俺を見る。

「そっか。よかったな」

俺も満面の笑みを浮かべて、七生の頭を撫でまくった。

些細《ささい》なことかもしれないが、七生にとってはものすごい奮闘《ふんとう》だ。俺に褒めてほしくて、喜んでほしくて頑張ったんだから、大げさなぐらいでちょうどいい。

「七生、えらいえらい。じゃあ、次は何食べようか？　シイタケにするか？」

「まんま！」

さすがに二連発は厳しかったか。七生が即行で卓上のおにぎりを指さした。

「はい。じゃあ、おにぎり」

「うんまー」

小さな俵型《たわらがた》のおにぎりを美味《おい》しそうに頬張った。

それでもまだミルクは手放せないけど、七生もどんどん成長していた。


食事が終わり、チビッコたちをお風呂に入れてから布団の中へ。

俺がパジャマに着替えて、自室で一人になったときには、すでに十一半時を回っていた。

「はーっ。もうこんな時間か。あ、炊飯器《すいはんき》の予約しておかなきゃ」

帰宅から就寝《しゅうしん》までの数時間はあっという間だ。まるで出社から正午までの時間のように、瞬く間に過ぎていく。

「ん？」

俺がキッチンへ行こうとすると、スマートフォンが鳴った。

この時間に電話なんて、鷹崎部長かなと思ったら、やっぱりその通りだった。

さっきまとめて報告メールを送ったから、それでかな？

かえって同期会の邪魔をしちゃったかなと、少し心配だ。

「もしもし。兎田です」

〝あ、俺だ。夜遅くにすまない。さっきはメールをありがとう。きららは面倒をかけてないか？〟

電話の相手はやっぱり鷹崎部長だった。

口調からすると、ほとんど酔ってなさそうだが、声は弾んでいる。

よかった――――。

「いいえ。きららちゃんなら、今日もいろいろお手伝いしてくれて、すごく助かりました」

〝そうか。よかった〟

「心配しないで羽を伸ばしてくださいね」

〝ありがとう〟

今はどんなお店にいるだろう。鷹崎部長の同期会だけに、居酒屋はなし？

どこからかけてきたのか、声がクリアで周りも静かだ。

お店のお手洗いからかな？

何にしても声が聞けて、俺は嬉しかった。明日には、きららちゃんを迎えに来たプライベートな部長と会えると思うと、待ち遠しくて仕方がない。

〝鷹崎～っ。いなくなったと思ったら、何、電話なんかしてんだよ。女か？　お前、いつからそんなに所帯臭《しょたいくさ》くなったんだよぉ～っ〟

突然、男性の声が響いてきた。声や口調の感じからして、経理課長の奥村さんではない。

〝来るな、酔っ払い〟

〝なんだよ、邪険《じゃけん》にするなよっ。俺とお前の仲だろう～。おら、もう一軒いくぞぉ。可愛い子がいっぱい待ってるぞーっ〟

誰だろう？　海外支社の誰かかな？

それにしたって、こんな時間からどんなお店に行くんだろう？

先に酔ったもん勝ちとはよく言ったもので、これじゃあ鷹崎部長が酔えないわけだ。

〝うがーっ〟

〝ごめん、兎田。あとでメールしておくから〟

「はい。わかりました。あ、鷹崎部長」

〝ん？〟

「やっぱり、羽は伸ばし過ぎないでくださいね」

畳みかけるような会話の中で口走ってから、俺は自分で驚いた。

「あ、いえ！　怪我をしたり具合が悪くなったりしない程度にってことなので」

すぐにそれらしい言葉を足したけど、鷹崎部長は笑っていた。

〝了解〟

酔って絡む同期に気をとられていたのか、俺の言葉に機嫌を悪くすることはなかった。けど、俺としては大反省だ。

電話から聞こえた「俺とお前の仲」だの「可愛い子がいっぱい」だのって台詞に反応したのは確かだし。鷹崎部長が泥酔《でいすい》すると迫《せま》り癖があるのを、俺は身を持って知っているから、余計に思ったことが口から出てしまったんだ。

「あーあ。せっかく気持ちよく楽しんでもらおうと思ったのに。そういえば、双葉や充功にも言われてきたのにな。鷹崎部長はカッコいいんだから、今から所帯臭くしてどうするんだって。そもそも俺が所帯臭いんだから、もっと年相応《としそうおう》にならないと駄目だって」

俺は通話を切ると、やってしまった感で胸が一杯になった。

「でも、所帯臭くないって、どういう感じなんだろう？　年相応って言われてもな」

思えば中学頃から友人たちに「所帯臭い」は言われてきたので、そうでない自分がどういうふうなのか、まったく想像がつかなくて悩んだ。

頭を抱えるまま、結局疲れて寝てしまった。

たぶん、こういうところも所帯臭いんだろうけどね。

4

一夜が明けた土曜の朝。その後に届いていたメールから、俺は鷹崎部長が来るのが昼過ぎになることを知った。

最初は「早朝にはそちらへ行きたい」と言っていたけど、昨夜はあれから更に飲んでしまったらしい。泥酔したお仲間を自宅に泊めることになって、これからひと眠りすると書かれていたのが四時前だ。

そうなったら、早くても目が覚めるのは九時、十時がいいところ。場合によったら昼すぎに目が覚めるなんてことにもなるだろうから、俺は「ゆっくりでいいですよ。いざとなったら、俺がきららちゃんを送っていきますから、無理をせずに休んでくださいね」って返事をして、朝食の支度にキッチンへ立った。

「ひっちゃ♪　ひっちゃゃねー♪　ららん・ららん・ららーん♪　ふっちゃ♪　ふっちゃねー♪　らんら・らんら・らーん♪」

今朝も七生はご機嫌だった。

昨夜は父さんとではなく、子供部屋でみんなと一緒に寝て起きたせいか、朝からテンションマックスだ。ちょっとたぷたぷしているオムツのアヒル尻を左右にゆさゆさしながら俺の足元で踊っている。

「ちょっと待ってね。すぐにオムツを取り換えてあげるから」

「あーいっ」

きららちゃんや武蔵なんかは、士郎や樹季が洗面所に連れていってるのかな？

風呂場のほうからも、きゃっきゃした声が聞こえてくる。

それを聞いているだけで、俺は自然と嬉しくなった。幸せな気持ちになる。

しかし、

「あ、ご飯を仕掛けるの忘れてた。ごめん。こんなときに限って、麺類《めんるい》のストックも切れてる。パンケーキでいいかな？」

これは昨夜、俺がスマートフォンを手にしたまま寝てしまったための失態《しったい》だった。

ダイニングに居た双葉たちに聞いてみる。

すると、三階から下りてきたばかりの父さんが、キッチンへ入って来た。

「だったらたまには、モーニングに行こうよ。ハッピーレストランの食事券もあることだし、せっかくだから使わせてもらおう」

「え？　いいの？」

「そろって行っちゃって平気？」

父さんの話を耳にし、危惧したのは充功と双葉。

ハッピーレストランのＣＭに出て以来、反響が大きすぎて、俺たちは地元の店にも行ってない。今後の出演を断っているだけに、余計に行きづらく感じていたのも確かだ。

「気にしていたらきりがないよ。店員さんたちには、これまでずっとよくしてもらってきたのに、急に行かなくなったら逆に申し訳ない。それに、こっちは何も悪いことはしてないんだから、いつも通りにしてるのが一番だよ。蘭《らん》さんでもきっとそう言うと思うよ」

父さんの言うことももっともで。

確かに母さんだったら、「気にしない、気にしない」で終わりだろう。

「そっか。じゃあ、今朝はモーニング行っちゃおっか」

「わーい！　お外で朝ご飯だ」

「ハッピーレストランだーっ」

俺が同意すると、それを聞きつけた樹季や武蔵が、廊下ではしゃぎだした。

「ハッピッピー」

七生もぴょんぴょん飛び跳ねる。

思えば撮影で本社ビルの店舗《てんぽ》へ行ったのが最後で、地元のほうには三ヵ月近く行ってない。これまで月一ぐらいは行っていたから、実は待ち遠しかったのかもしれない。

我が家にとっては、たまの外食は一大イベントのひとつだし。

「なら、席が空《あ》いてるかどうか確認してみるよ」

そうと決まれば、双葉が店に電話をしてくれる。

休日の朝だし、九人で行くとなったら、この確認は欠《か》かせない。

どうせ行くなら一緒か近くの席がいい。きららちゃんもいるから、なるべくチビッコたちの席は離したくない。

「今朝は空《す》いてるって。いつもの席もあるから、キープしといてくれるってよ」

「よし、なら早く行こう」

どうやら問題はないようだ。父さんの掛け声で、俺たちはすぐに出かける準備を始めた。

席をキープしてもらったら、早くお店に着かないと悪い。たとえ今空いていても、待ってもらっている間に団体さんが来たら、そのときはそちらに譲ってくださいっていうのは口約済みだが、やっぱりみんなで一緒に食べたいもんな。

そうして、父さんが車を用意している間に、俺たちはお隣のエリザベスに声をかけた。

「おはよう、エリザベス」

「えったん、おっは・よー」

「バウバウ！」

今朝は庭先に放されていた。俺たちの声が聞こえたのか、嬉しそうだ。

それを見たきららちゃんの目が輝く。

「士郎くん。エリザベスとエルマーの赤ちゃんはいつ生まれるの？」

「双葉兄さんからは来週ぐらいいって聞いたよ」

「わぁ！　そしたら、次のお休みには赤ちゃんと遊べるのね！」

「うーん、それは無理かな。飼い主の隼坂《はやさか》さんが〝一緒に遊んでいいよ〟って言うまでは静かに見るだけだと思う。だって、赤ちゃんだから」

「そうか…。赤ちゃんだもんね」

相変わらず士郎の返しはストレートだった。

ただ、幼児相手にうやむやな返事をするのは、よくないというのが士郎の考えだ。

理解できる言葉で、はっきり言ってわからせるほうが、誤解もないし行き違いもない。

そもそもきららちゃんは武蔵より理解力もあるから、それに合わせてるんだろうな。

本当に臨機《りんき》応変《おうへん》な対応でも、一本筋が通ってるのが士郎だ。

「でも、見せてもらえるだけでもいいじゃん。僕たちもセントバーナードの赤ちゃんを見るのは初めてだから、すごく楽しみにしてるんだ。隼坂さんも、赤ちゃんとエルマーさえ落ち着けば、いつ見に来てもいいよって言ってくれたし。きららのパパにも僕たちから、しばらくは毎週遊びに来てほしいなってお願いしてみるよ。子犬の成長は早いから、見逃さないように」

「本当！　パパにお願いしてくれるの！　やったー！　きらら、いい子にして待ってる！」

毎度のことながら、対応も神がかっている。

何げない説明の中に、「ちょっと我慢すれば、のちの週末お泊りが確約される。上手くすれば、毎週子犬を理由にうちに遊びに来られるよ」と言われたら、きららちゃんは即座にいい子モードだ。

武蔵の気持ちに反して、現在〝士郎に恋する乙女〟なきららちゃんはにっこにこだ。

鷹崎部長ときららちゃんが、すでに近所では親戚認定されてるらしいという話も聞いたけど、こうなると士郎あたりが吹き込んだ可能性も否《いな》めない。

〝最近よく来てるカッコいいお兄さんと可愛いお嬢さんはどちらの方なの？〟

〝遠い親戚です。うちは父も兄弟が多いので、もう何繋がりだかわからない親戚も多いんですけど。意気投合中《とうごうちゅう》なんで、行き来が頻繁《ひんぱん》なんですよ〟

〝そうなの！　ああ、でもそうよね。兎田さんのところなら、従兄弟《いとこ》の従兄弟とかいっぱいいそうだし。どこから誰が出てきても不思議がなさそうだものね〟

〝おかげさまで〟

――――あり得る。

俺は自分の想像が、あながち外《はず》れている気がしなかった。ついつい士郎をじっと見た。

「どうしたの？　寧兄さん」

俺の視線に気づいた士郎が、かけている眼鏡をいじりながら俺を見た。

「いや、なんでもない。いつもありがとう」

「え？」

「いろいろと」

「いえ、こちらこそ」

なんだそれは？　と、いうやり取りを耳にして、「ぷっ！」と双葉が吹いた。

確かに二十歳の長男と、小学四年生の四男の会話にしては可笑《おか》しい。

けど、こんなことが楽しいのも日常だ。

「さあ、みんな乗って」

そうこうしているうちに、父さんが車を出してきたので、みんなで乗り込んだ。

七生が生まれたときに買い替えた我が家の車は、ハイエース・グランドキャビン4WD。普通免許で運転できる十人乗りのワゴンの中でも、かなりゆったりしている車だ。

後部席にはチャイルドシートが三席分セットされている。七生が生まれたときは、まだ樹季が六歳だったし、ちょっと小柄だったからしばらくはあったほうがいいだろうと、三席分セットできる車を選んだんだ。

なので、今は樹季が使っていたシートがきららちゃんの指定席となっている。ここに部長がいたとしても、全員乗れるいい車だ。

十分もかからずに、俺たちはハッピーレストランの地元店に到着した。

店内はお客さんがまばらで、前に来たときより空いていた。

「いらっしゃいませ。お席のほうにご案内します」

客席八十ぐらいの中型店内には、俺たちがよく使う角席のブロックがあった。

ドリンクバーやトイレもそんなに離れていなくて、子連れのママさんたちにも人気の席だ。

けど、今日は何かが違う。席が移動式のおしゃれなパーティションで、仕切り隠されている。

「あれ？　ここに衝立《ついたて》なんかあったっけ？」

「もしかして、わざわざ？」

「いいえ。ここはママさんたちのお茶会も多い店なので、グループ用にこんなスペースがあってもいいだろうってことで置いてみただけです」

双葉と充功が案内してくれた店員さんに聞くと、笑顔で答えが返ってきた。

「CM後から？」

「うーん。気を遣われて、お得意様に逃げられたら、うちの売上げが落ちますからね。これも企業努力です」

やっぱり――――少なからず、CMの影響はあったみたいだ。

「すみません。ありがとうございます」

「いえいえ。おかげで団体のお客さんが三割増しになったので、うちとしてはけっこう棚ボタです」

父さんが恐縮するも、店員さんの笑顔は完璧だ。

むしろ普段以上ににこやかで、俺たちは会釈してから席へ着く。

「注文をお願いしていいですか」

「はい」

そうして俺たちは、各自好きなモーニングセットを選んで注文した。

「では、あちらからお好きなドリンクをどうぞ」

「わーい！」

「あ、こらこら。順番に並んでお行儀よくだぞ」

「はーい」

チビッコたちにとって、いろんなジュースが飲み放題のドリンクバーは、一番のお楽しみ。これだけで目がキラキラと輝くあたりが、何とも言えず微笑《ほほえ》ましい。

それでも樹季から下には、父さんや俺から士郎までの補助がつく。一度にたくさん入れ過ぎてこぼしたり、他のものが飲めなくなったり、また飲みきれなくなるのを防《ふせ》ぐためだ。

「入れるのはコップの三分の一ぐらいにしときなよ」

「はーい」

「あれ？　兎田くん」

「兎田」

席へ戻る途中だった。今入って来ただろうお客さんに、俺と双葉が声をかけられた。

「隼坂」

「あ、そうか。この店、うちと隼坂部長さん家の真ん中にあるんでしたっけ」

「そう言われたらそうだね。なんだ、もっと早くから通っていればよかった」

相手は隣町に住んでいるエルマーの飼い主さんで、ハッピーレストラン本社の調理部長さんだった。息子さんも一緒だ。

「何、隼坂。もっと早くからってどういう意味？」

「うちがここに通い始めたのが、父子家庭になってからってこと」

「あ、なるほど。ごめん」

「謝ることないって。父さんのは、もっと早くに兎田家と知り合いたかった、交流したかったたって意味だから」

「――――ん」

息子さんは双葉と同じ高校の同級生で、今はどうなんだろうか。双葉に「好きだ」と告白したこともある風紀委員長だ。

エルマーとエリザベスのことがあったり、週刊誌の誤報事件があったりして、かなり二人の距離は近くなったが、何か進展しているのかはわからない。

双葉は双葉で、いっとき鷲塚さんに気持ちが傾いていたけど、今は近々生まれてくる子犬のことで頭がいっぱいだ。出産が一段落するまでは、恋愛どころじゃなさそうだ。

「うちが来ると、店長にはプレッシャーをかけてしまうみたいだけど、たまには手抜きをしたいからね」

「だからって、自分が決めたメニューを出してる店に、わざわざ朝食を食べにくるのもどうかと思うけどね」

おそらく隼坂くんも、気持ちは双葉と同じかな？

我が家と同時期にお母さんを亡くしている隼坂家は、父子とても仲がいい。思いがけず誕生することになったエルマーちゃんの子犬のこともあり、今は特に一致団結している。

「ある意味、家庭の味に近いからいいんじゃないか？」

「外食の意味がないだろう」

「贅沢《ぜいたく》言うなって。ハッピーはパパの味でいいじゃないか」

「どこかで聞いたようなフレーズだね」

まあ、双葉と隼坂くんの恋愛事情はともかく、いい関係に発展していることは確かそうだから、俺の立場からは見守ることしかできないけどさ。

「あの。うるさくてもよかったら、ご一緒にどうですか？」

揃って立ち話をしていたものだから、父さんが提案した。

「ありがとうございます。では、お言葉に甘えて」

席に余裕があったことから、団体席に隼坂さん親子が加わった。

一段と賑《にぎ》やかな朝食時間となった。が、立ち話がすぎたかな？

「ひっちゃ。じっちゅ」

最初に注いだ少量のジュースを飲み終えた七生が、お代わりの催促をしてきた。

「ちゃんとご飯食べられるのか？」

「うん！」

「約束だぞ」

俺は幼児用のコップを七生に持たせて、一緒にドリンクバーへ向かった。

「どれにする？」

「みっちちゅじっちゅ」

この片言《かたこと》がたまらない。俺は「ミックスジュースだね」と確認して、七生からコップを受け取ろうとした。

だが、突然知らない女の子たちから「あ！」と指をさされて、手が止まる。

「テレビで見た赤ちゃんとお兄ちゃんだぁ」

「本当だ。パパっ！　早く来てぇ」

声を発したのは、樹季や武蔵と同じ年頃の姉妹だった。妹のほうに「早く来て」と催促されて、同行していた父親が慌てて寄ってくる。

しかし、相手の顔を見るや否《いな》や、俺は驚いた。

『――――え!?　この男性《ひと》もしかして、後藤《ごとう》製粉の社長さん』

どこにでもいそうな普段着姿の中年男性は、最近ハッピーレストランと我が社が新規契約を結んだのを機に、仕入れを断《た》たれてしまった製粉会社の社長さんだった。

会社自体は個人経営で小規模だけど、ハッピーとは長く深く付き合いがあったようで、乗換《のりかえ》先の担当者である俺は、ハッピーレストラン本社で偶然鉢合わせしたときに、飛びかかられたこともある。

〝貴様っ。西都製粉の！〟

〝ちくしょうっ、ちくしょう！　覚えてろよ！〟

そのときは鷹崎部長が庇《かば》ってくれて、俺は驚くだけで済んだ。

本郷常務にも謝罪をされて、「気にすることはない」「向こうの企業努力が足りないから疎遠《そえん》になっただけだ」と説明されたが、さすがにコロッと忘れられるほど俺の頭も都合よくはできてない。そうでなくても、恨みがましく「覚えてろよ！」と言われたことが二件ほど続いたから余計だ。

すっかり顔がこわばっている。

「なんだ。どうし――――っ」

向こうも俺に気がついた。やはり、俺と同じように顔をこわばらせた。

さすがに子供の前で喧嘩《けんか》腰《ごし》になることはないだろうが、後藤社長は見てわかるほど以前と比べてやつれていた。

あれから仕事というか、会社経営はどうなんだろうか？

俺が心配したり、気にかけたりするのは違うと思う。

けど、気にならないと言われれば嘘になる。俺が後藤社長の名前を知っているのだって、その後同じ部署の先輩たちに、それとなく聞き込みをしたからだ。

〝ああ、それなら後藤製粉だよ。納品先の五割がハッピー系列って聞いたことがあるから、レストランだけとはいえ切られたら厳しいだろうな〟

〝真面目だけが取り柄の社長が、最近仕事が雑になってるって聞くしな〟

わざわざ聞いた自分が馬鹿だった。大反省した。

俺にはどうすることもできないんだから、知るべきではなかったんだ。

それなのに、

「こんにちは」

俺は、ここでも自分からは無視することができなかった。後藤社長に挨拶をした。

「あ、ああ」

相手も渋々《しぶしぶ》会釈をしてきたが、思い切り不機嫌だ。俺というか、西都製粉そのものに抱いているだろう悪感情がひしひしと伝わってくる。

『そりゃそうだ。当たり前だよな』

俺は七生のジュースもそこそこに、「じゃあ」と会釈を返して、席へ戻ろうとした。

しかし、そのときすでに姉妹の瞳はキランキランに輝いていて――。

「パパ、お兄ちゃんのこと知ってるの」

「すごいすごい!! テレビの赤ちゃんとお友達なのぉ!」

俺と社長の間に、埋め切れないような深い溝《みぞ》があることなど知らない姉妹は、きららちゃんにも負けない笑顔で歓喜した。

「いや。その…」

これには後藤社長も焦《あせ》ったようだ。内心「こんな奴知るか」と言いたいだろうに、口ごもる。

「ひっちゃ、じっちゅ」

「私が入れてあげる! 赤ちゃん、何がほしいの?」

「おねぇちゃんずるぅい! じゃあ、私は抱っこーっ。赤ちゃん、おいでー」

姉妹は空《から》のコップを持っていた七生に、すっかり夢中だった。

七生もニコニコ顔で親切にされて嬉しかったのだろう。言われるままお姉ちゃんのほうにコップを預けて、妹ちゃんに両手を伸ばす。

「抱っこぉ」

「可愛いーっ。ふわふわしてるぅ。赤ちゃんすごくやわらかくて、甘いミルクの匂いがするよぉ」

この手のことに慣れている七生は、妹ちゃんにギューギューされても嫌がらなかった。どちらかといえば、キャッキャッして大はしゃぎだ。

「あ！　ずるい！　私も抱っこしたい！　パパ、これ持ってて」

「えっ⁉」

とうとう七生のコップが、後藤社長にパスされてしまった。

「あ、すみません。俺が」

「…っ、ああ」

慌てて取り返す俺と、しどろもどろな後藤社長。こうなると、悲劇なのか喜劇なのかわからない。近くの席で待っていたらしい奥さんが、事態に気づいて駆け寄ってくる。

「こらっ！　何をしてるの離しなさい。そんな、怖いから、赤ちゃんを抱っこなんてしないで」

「えー。可愛いのに」

「このまま赤ちゃんと遊びたいよぉ」

「駄目よ！　赤ちゃんはお人形さんじゃないの。そうでなくても、あなたたちは遊びが荒いんだから。ほらっ！　落としたりひっくり返ったら大変でしょう」

「はーい」

　奥さんは三十代半ばぐらいかな？

　後藤社長より一回りぐらい若くて、チャキチャキした感じの女性だった。「すみません」と頭を下げて、姉妹の手から七生を俺のほうへ戻してくる。

「この子たち、ＣＭを見て以来、皆さんのことが大好きで」

　そうは言っても、後藤社長の顔色を窺《うかが》い、この場を自然に離れるタイミングを狙っているようだった。

　それはそうだ。姉妹はともかく、奥さんなら俺が西都製粉の社員だって知っていてもおかしくない。たまたま後藤社長がＣＭを見てしまい、「こいつのせいでうちの仕事が」と愚痴《ぐち》ったとしても、不思議がない状況だ。

　今だって、子供たちの前だから気を遣っているんだろうし。本当なら来るのだって躊躇《ためら》ったろうここへ来たのも、子供たちの希望を優先したのかもしれない。

　長年取引があったんだから、当たり前のように通っていただろうしな。

「そうだったんですね。ありがとうございます」

俺は、今度こそ七生を連れて席へ戻ろうとした。「では、これで」というつもりで、再三会釈もした。

しかし、まだ俺や七生を引き留めたかったのかな？

お姉ちゃんのほうが俺を見上げて、嬉々《きき》として話しかけてくる。

「うん。大家族さん大好き！　お兄ちゃんがパパのお友達だったなんて、びっくりした！　パパ、ちっとも教えてくれないんだもん。これってお兄ちゃんたちがテレビに出たから、内緒にしなくちゃいけなかったのかな？　私が学校で言っちゃうと思ったのかな？」

子供なりにいろいろ想像したらしい。お姉ちゃんは傍に立っていた後藤社長の手を取り、ギュッて握った。

後藤社長はバツが悪そうに、誰とも目を合わせずにいる。

「でも、誰にも言わないから、今度みんなでうちに遊びに来てね。そしたら一緒に、パパのパンとかうどんとか食べようね」

「パンパン？」

尚もお姉ちゃんの話は続いた。

どう答えていいのかわからない俺の代わりに、返事をしたのは七生だった。

お姉ちゃんの目が輝く。

「そう。パパは魔法の粉屋さんだから、すっごく美味しいの作ってくれるんだよ。お店で買ってくるのより何倍も美味しいの。きっと赤ちゃんも大好きになるよ。ママもパパのお粉で作るのが世界で一番美味しいって言ってるもん。ケーキもグラタンもみーんな。だから絶対に一緒に食べようね」

「あいっ！」

満面の笑みで「美味しい」を連呼《れんこ》されて、七生が喜んで両手を上げた。

俺はそのやり取りだけで、胸がジンとなった。

でも、それは後藤社長も同じだろう。

「いいよね、パパ」

「――――」

「パパ？」

ごく自然に発せられたお姉ちゃんの言葉に、何かを感じずにはいられなかったんだろう。

後藤社長はすぐに言葉が出ないようだったが、お姉ちゃんの手をしっかり握り返した。

それを見た妹ちゃんが手を出すと、その手もしっかりと握りしめる。

両手に感じる温《ぬく》もりが、思いが、なんだか俺にまで伝わってくるようだ。

「あ、ああ…。いいよ。お兄ちゃんたちに時間ができたら、招待しよう。みんなでパンやうどんを作って、おもてなししよう」

後藤社長が浮かべた微笑に、姉妹は「やったー」と大はしゃぎした。

本当に嬉しそうで、俺は目頭《めがしら》が熱くなる。

「でも、そうか。パパは魔法の粉屋さんだったのか。パパの粉が、世界一美味しいのか」

苦しそうに、絞り出すように、でもとても嬉しそうに社長が呟く。

これは子供たちにというよりは、奥さんや俺に向けたようにも聞こえた。

「だったら、もっと頑張らなきゃいけないな。今よりもっと仕事して、もっと勉強して、ずっとママに世界一のパンやうどんをお前たちに作ってもらわないとな」

やっぱりそうだ。これは後藤社長からのメッセージだ。

すっかりやつれた顔。だがその目には、これまでにはなかった覇気《はき》が漲《みなぎ》ってくる。

「そろそろ席へ戻らないと。パパ、お腹空《す》いたから、先にメニューを見といて」

「はーい」

「お兄ちゃん、赤ちゃん、またね！」

後藤社長は姉妹を席へ促すと、力強く背筋を伸ばしてから、俺に頭を下げてきた。

場をごまかすような会釈ではない。きちんとした謝罪だ。

「先日は、失礼をしてすみませんでした。もし許してもらえるなら、いずれうちに招かせてください。娘たちと一緒に、食事をしてやってください」

自棄《やけ》になって、俺に飛びかかって来たときの社長とは別人だった。

だが、今日の前に居るのが、本来の後藤社長なのだろう。日頃から子供を溺愛し、真面目に仕事をしている姿、背中を見せてきたからこそ尊敬されているパパだ。

魔法の粉を精製している職人さんだ。

「はい。ありがとうございます。ぜひ、誘ってください。楽しみにしてます」

「ありがとう」

後藤社長は、ちょっと湿《しめ》った鼻を鳴らしながら、先に席へ戻っていった。

それを見送った奥さんの目も真っ赤だった。

特に何を言うわけではないが、俺に向かって深々と頭を下げてから、家族の元へ戻っていく。心なしか足取りが軽く見えた。

『子供の言葉って、存在って大きいな。パパが精製した粉でママが作ってくれるパンやうどんか。そりゃ世界一美味しいよ。どんなお店も敵《かな》わないよ』

俺は無意識のうちに、傍にいた七生を抱き寄せていた。

いろいろな、いろいろな感情が起こって、上手く整理ができなかった。

DRINK

ホッとしたのと、切ないのと、なんかぐっちゃりしていた。

『母さん』

俺は、ほんの少しだけ後藤社長の娘さんたちが羨《うらや》ましかったのかもしれない。

本当に、ほんの少しだけ、だけど。

『俺も七生たちに、同じことを言わせてやれるのかな？』

「ひっちゃ？」

七生が俺を見上げて首を傾《かし》げた。

あどけない、大人の複雑なやり取りなんて、まだわからない七生が愛しい。

でも、俺には七生だけじゃない。父さんや双葉たちや、鷹崎部長やきららちゃんもいる。

愛しい、大事にしたいと思い願う人たちがたくさんいる。

『いや、うちで食べるご飯が一番いいって思ってもらうためにも、頑張らないとな！』

そんなことを決意していると、俺の前に空のグラスを手にした父さんが立った。

「何があっても、家族が支えてくれるお父さんは強いね」

「本当に」

どのあたりから見ていたのか、父さんの斜め後ろには隼坂部長も立っている。

隼坂部長なら、俺が後藤社長から八つ当たりされたことは知っているだろうから、全部父さんに話が筒抜けたかな。

二人とも俺からトラブルというか、気がかりが一つなくなってよかったねっていう、優しい顔をしていた。

――ああ、父さんたちにとっては、俺もまだまだ子供枠の一人だもんな。

「うん。強くて素敵な父さんなら、ここにも二人いるからね」

父さんと隼坂部長は、同じころに最愛の妻を亡くした同士だけに、意外と気があったりしてるのかな？

同級の息子もいるし、家も隣町同士だし、これから子犬も生まれるから話題には事欠《か》かない。案外お互いに、細く長く付き合えるパパ友ゲットになったりして。

いや、それだけに、今後の隼坂くんと双葉に何かしらが起こったら、家族ぐるみでドタバタしそうだけど。

まあ、これればかりは当事者同士の問題だし、俺が心配してもしょうがないか。

「さ、七生、席へ戻ろう」

「なっちゃ！　みっちちゅじっちゅーっ！」

あまりにスルーし過ぎたのか、とうとう七生がヒスって足を鳴らした。

ほっぺたを真っ赤にして、ぷーぷーしている。

「あ、ごめん。そうだった」

「七生くん。おじさんが入れてあげるよ」

すかさず隼坂部長が、俺のコップに手を伸ばした。

七生はミックスジュースを入れてもらって、ようやくぷーぷーが収まる。長々と立ち話をしてしまい、よっぽど喉が渇いたのか、席へ戻るとゴクゴク飲んでいた。

せっかくだから、俺も新しいグラスにアイスバニラココアを注いで席へ戻った。が、そのときには、七生が三杯目のお代わりを取りに席を立つ。

「しっちゃ、いっと」

「え？　ああ、いいよ」

引率《いんそつ》に士郎を選んでいるあたり、俺は懲《こ》りたか？

七生にとっても、この場ばかりは確実なのは士郎のようだ。

まずい――――あとで挽回《ばんかい》しなきゃ！

『今よりもっと仕事をして、もっと勉強して…か。後藤製粉は個人企業だけに、価格競争では大手に敵わない。けど、地域によって気候差が激しいこの国の特性や、各麦の特性を知り尽くした絶妙なブレンドには定評がある。どちらかと言えば、食のプロが好む粉を作る製粉会社だ。販売フィールドは俺の第一営業部と同じだ』

それでも、五分もあったか無かったかという後藤一家とのやり取りのおかげで、俺は自社だけでなく他社を意識することの大事さを実感した。

これまでは自社のことを覚えるだけで精一杯だったけど、これからは他社も見ないといけない。意識を変えていかなきゃいけないと痛感することができた。

『負けていられない。一度は躓《つまず》いたかもしれないけど、立ち直った後藤社長は前より強くなって、何か新しいことをしてくるはずだ。精製なり、販売ルートなり。それこそ本郷常務が求めた企業努力を、目に見える形で示してくるだろう』

覇気に満ちた後藤社長の目が、彼を支える家族の絆《きずな》が、そうでなくても常務や支社長に背中を押されていた俺に、いっそうはっぱをかけてくれたみたいだ。

一にも二にも弟たちが食《く》うに困らないように、いつもお腹いっぱい食べられるように。

そんな意気込みだけで入った会社に、なんだか今までとはまったく別の遣《や》り甲斐《がい》や愛着が湧いてくる。

家族に誇れる仕事姿。そんな姿を常に見せてくれる人たちがたくさんいるから、俺もそうなりたいという欲が出てきたんだろうな。

今度は誰のためでもない。俺自身への欲が！

『俺もいろいろ考えて、今以上に努力をしていかなかったら、今度はうちが乗り換えられる。他の誰かに取って代わられる。それが需要と供給であり商売だ。勤める限りは、やっぱりうちが一番と胸を張りたい。俺自身にそういって売り込めるだけの力と自信がほしい』

俺は、家族で食事中だというのに、いつになく頭の中が仕事でいっぱいになっていた。

それが何とも言えない高揚感《こうようかん》を生んでいて、昨日鷲塚さんたちが言っていた「俺たちも何かしたい」「爪痕《つめあと》を残したい」という言葉や熱意を思い起こさせた。

『稀代の東京九〇期』

ずらりと並んだ鷹崎部長たちがどうしてあんなに光って見えたか、周囲を圧倒していたのか、理屈抜きにわかったような気がした。

鷹崎部長たちは、すでに誰に臆《おく》することなく「自社製品が一番だ」「俺たちが作ってきたもの、売ってきたものが一番だ」と自信を持って言えるからだろう。

『あ、鷹崎部長からメールが届いた』

俺は、今さらだけど心から尊敬できる人に恋をした。

これから学び、目標にできる上司に恋をしたことを実感した。

『おはよう。メールありがとう。今しがた起きた。すぐにでもそっちへ行きたい。けど、昨夜泊めた奴が、お礼にあり合せの食材でブランチを作ってやったと、ドヤ顔でお好み焼きなのかもんじゃ焼きなのかわからない半端《はんぱ》なものを出してきた。転勤先では好評だと言うから食べてみたら、ただの生焼《なまや》けだった。最悪な展開だ。家を出るのが少し遅れそうだ。申し訳ない。テメェは何年粉屋をやってるんだと言って殴りたい衝動に駆られてきた。でも、一緒に食べた本人はケロッとしている。俺が悪いのか？　俺の腹が軟弱《なんじゃく》なのか？　本当に申し訳ない』――――って、えええっ⁉　部長、大丈夫なの？

まあ、こんなこともまれには起こるらしいけど。

俺はすぐに「きっと個人差です。部長は悪くないし、普通です。絶対に無理しないでくださいね。ちゃんとお薬飲んでくださいね」と返事をすることになった。

そして、

「寧、そろそろいいかな。帰ろうか」

「あ、うん。父さん」

いつもよりまったりと過ごした朝食を終わらせると、俺たちはその場で隼坂さん親子と別れて帰宅した。

「あ！　昼用のご飯《はん》を仕掛けてくるの忘れてた」

肝心なことに気が付いたときには、すでに昼近くになっていた。

「え⁉　また？　調子悪いんじゃねぇの？」

「どうかした、寧兄？」

「いや。うっかりだよ、うっかり。すぐに用意するから、充功と双葉は七生たちをよろしく」

いろんなことに気をとられ、昨夜から同じミスを連発した俺は、さすがに弟たちから心配された。

けど、朝から強烈なダメージを受けていただろう鷹崎部長が到着するまでには、ちゃんとした（お腹に優しそうな）食事を作って間に合わせた。

5

鷹崎部長は、きららちゃんを迎えに来た土曜の午後から翌日の午後までうちに居た。

その間みんなで何をしていたのかといえば、洗濯組と買い物組に分かれて家事三昧《ざんまい》。

買い物組は車で大型マーケットに行って、あとは夕飯の支度。

翌日は朝から〝聖戦天使・にゃんにゃんエンジェルズ〟を見て、その後は掃除に洗濯、数日分の惣菜《そうざい》を作り置き。部長宅分も含めて作るので、ダイニングテーブルいっぱいに、お正月かと思うような量ができあがるも、それが爽快《そうかい》かつ圧巻《あっかん》だった。

そして、部長ときららちゃんが帰るときには、それらを持っていってもらって、月曜からの生活に供《そな》えてもらう。

特にこれというイベントがあったわけではないし、平日の生活をフォローするために時間と労力を使って終わっただけだが、これはこれで充実感があって楽しかった。

部長ときららちゃんがうちに来るようになってからは、チビッコたちも率先《そっせん》してお手伝いをしてくれるし、弟たちにとっては二人が来るだけで特別な休日だ。

きららちゃんにとっても同様らしく、個々にやったらいつもの家事が、一緒にやると楽しくて面白いイベントごとになる。日常が特別な日になり、とても充実するから不思議だ。

世間一般で言われるようなデートっぽいものは滅多《めった》にできないけど、俺は大好きな人たちと一緒にいられるだけで嬉しく楽しかった。

みんながドタバタ、ワイワイ、ニコニコしているだけで、世界中の幸せを独り占《じ》めにしているような気持ちになれて、それで十分だった。

そうしてまた仕事中心の日常が始まる。

明日から十月だし、今週はエリザベスとエルマーちゃんの子犬が産まれる予定もあって、何かと忙しそうだ。

それでも、毎朝電車二本分は早く家を出る俺には、入社以来の日課があった。西新宿のオフィス街を見ながら、人気《ひとけ》の少ない社内のカフェゾーンでまったりすることだ。

『たとえば新規開拓するとして、何をどこに売りに行くかだよな。今は先輩たちに言われたことだけをやってる。けど、自主的に何かするとしたら、上に企画書を出してから？　それとも今通わせてもらっているところに、新規で何か仕入れてもらえるようにもちかける？　あ、その前に車の免許！　先のことを考えたら、これが一番必要な資格だよな』

持参のマイボトルには、毎朝父さんが淹《い》れてくれるコーヒーが入っていた。それを飲みながら、落ち着いたひとときを楽しむのが、大家族で育った俺には最高の贅沢だ。

ぼんやりしたり、家事や仕事の予定を確認したり、あとは――。

「おはよう、寧。ちょっと話してもいいか」

「はい。おはようございます。どうしたんですか？」

こんな感じで鷲塚さんに声をかけられて、交流タイムへ突入だ。

時には仕事、時には私事の話と内容はまちまちだけど、今日はなんの話だろう？

今なら『同期で社歴に爪痕残し計画』にも乗っちゃうぞ。

「いや、実はさ」

鷲塚さんが、窓際のカウンターに座っていた俺の隣に腰かけた。

ここだけの話と前打って、話を始めた。

「レンジでにゃんにゃんカップケーキ？」

「そう。兎田のお父さんの口添えもあって、来期からキャラクター画像もろもろを我が社でも使用できることになったから。新商品や名前を考えてるんだよ」

何かと思えば、父さん原作のアニメと仕事がコラボした話だった。

「え!?　でも、あれって制作会社以外にも、けっこう版権が細かくて、入り組んでませんでしたか？　そもそも原作の父さんとキャラクターデザインをした絵描きさんはフリーだし。幼児雑誌で連載している漫画家さんが別にいたり、専属の衣装デザイナーまでいて。もともと仲間内で始めたものだから、権利も仲よく分けあって的なことになっていて。何をするにしても、全員のＯＫが取れないと動かないって聞いたことがありますけど」

俺は家でも聞かなかったような話が出てきて驚いた。

逆に俺がここの社員だから、父さんも何も言わなかったのかな？

これは会社から聞くべき話ってことで。

「それでも原作者の意向が一番強い。というより、兎田さんの〝どうだろうか？〟が一番有力ってことだよ」

「父さんの〝どうだろうか？〟」

「そう。交渉にあたっていた広報担当者の一人が、実は俺たちの同期でさ。本当は寧が兎田さんの息子だってわかったところで、どうにか渡りをつけてもらえないかって頼みたかったらしいんだ。けど、そんなことをしたら兎田さん以外の制作メンバー全員がＯＫしないって、制作会社から釘を打たれたそうだ」

鷲塚さんが、版権使用にいたった経緯のようなものを説明し始めた。

俺は父さんの作品ではなく、父さん自身が強く関わっている内容だったことから、姿勢を直して身を乗り出す。

「ようは、そんなことになったら今度は兎田さんが寧と仲間の板挟みになるのが目に見えてるだろう。今回のハッピーCMがいい例だ。だから、間違っても寧経由で兎田さんは口説くなって話になって。それで来社したときに、〝ここからは別件で〟って直談判《じかだんぱん》になったんだ。本来なら広報部長や担当者が持ちかけるところなんだろうけど、肝心な広報部長が寧に対してやらかしていたからさ。結局専務が直々《じきじき》に口説き役を引き受けたんだよ」

そういえば、先日そんなシーンがあった。

俺はコーヒーの淹れ直しで席を外していたから、専務と父さんの話は聞いてない。

でも、専務から話を切り出していたのは覚えている。あれがそうだったんだろう。

だが、だとしたらこの話は「ここだけの話」ではない。あの場にはハッピーレストランの本郷常務と広報担当者がいた。外部にだだ漏れだ。

もしくは、これに関しては水面下でハッピーサイドと結託《けったく》してる⁉

それにしたって、専務から直々ってすごいな。

「それで、専務。寧とは無関係をアピールした上で、兎田さんに〝西都製粉ならいいかな〟って思ってもらうために、にゃんにゃんの放送を全話見て、キャラクターを全部覚えて、制作仲間のプロフィールまで丸暗記して挑《いど》んだらしいぞ。しかも、その資料を集めて専務のフォローをしたのが、これまた本来なら担当外の鷹崎部長だ。寧や兎田さんに知れたら、結局縁故《えんこ》経由になりかねないからって、黙ってやったみたいだけどさ」

本当にすごいな、専務！

しかも、そのフォローが鷹崎部長って、俺は初耳だよ！

うっかり飲みかけのコーヒーを吹くかと思った。

なんなんだろうか、この展開は？

説明している鷲塚さんは、どうして平然としていられるんだろう。

「でも、その経緯がまた傑作でさ。最初に広報が集めた資料に抜けがあったらしくて、それを指摘したのが鷹崎部長。さすがに詳しいのは娘が好きでってことにしたらしいけど、あの記憶力は半端ないな。ぱらっと資料を見ただけで、第二部十一話から登場した新キャラクターの天使・セアルティエルが漏れてるって真顔で言ったらしい。もう、それ誰だよってぐらいマニアな域だろう」

鷲塚さんは平然としていたわけではなく、感心していた。

それもそうか。俺だって知らないよ。セアルティエルって、誰？

天界側のメイン天使が七大天使にちなんで名づけられているらしいってことは、前に士郎から聞いた。

でも、俺からしたら、そもそも七大天使って何？　って状態だ。

ごめん、父さん――――だ。

「それで、広報が鷹崎部長に資料の作成と確認を丸投げ。専務の丸暗記の確認に付き合ったのも鷹崎部長だってさ」

昨日の朝も、何げなく観ていた〝にゃんにゃんエンジェルズ〟のアニメ。

俺はそれを観ている子供たちの様子を気にしていたが、確かに鷹崎部長は食い入るように画面を観ていた。あれは、アニメそのものを楽しむというより、キャラクターや設定の暗記に集中していたんだな。すごいや。

俺はため息も出なかった。

「最終的に丸暗記した専務も鉄人だと思いますけど、さすが鷹崎部長って言うべきなんですかね？」

「上に行く人間は、やっぱり何か非凡ってことだろう」

「なるほど」

そうとしか言いようがない。非凡と言われたらそれまでだ。

俺も記憶容量を増やさないと、今後の仕事で飛躍は望めない。頑張らなきゃ！

――――と、ここまで話をしてから、鷲塚さんも鞄の中からマイボトルを出した。

「まあ、だからって兎田さん一人がＯＫしたら、版権即ゲットではないけどさ。ただ、兎田さんが納得して、制作メンバーに〝どうだろう〟って話を持っていってもらうと、九割は成功するらしい。だから制作会社のほうも、契約したいって思う相手には、まず原作者を説得してほしいって指示を出すんだと。おそらく兎田さん自身は何も知らされてないだろうけど」

淹れてきたコーヒーを飲みながら、俺に確認してくる。

「はい。聞いたことがないです。父さんからは、にゃんにゃんはみんなで作ったものだから、何をするにもみんなで話し合ってから決めてるって。自分はそういうことに詳しくないから、かえってみんなに判断を任せて、仕事に没頭《ぼっとう》できるのは有難いって笑ってます。実は自分が契約相手を選んでるなんて意識は、今も昔もまったくないですよ」

俺から父さんのことを聞くと、鷲塚さんは「やっぱりな」と笑う。

「そういう兎田さんだから、制作メンバーはあえて版権を細かく分けて、にゃんにゃんと兎田さんが世間に悪用・乱用されないように目を光らせてるのかもな。なんか、見なくても仲間の属性が想像できるよ。絶対に兎田さんハーレムだ」

「父さんの仲間は全員男性ですけど？」

「そうだと思った」

「え？　どうして？」

話が進むも、いまいち噛み合ってない？

でも、ハーレムって一人の男性が多くの女性を囲うことだよな？

もしくは、たくさんの女性にモテモテの状況のこと？

「いや、もういい。話を仕事に戻そう」

「はい」

こだわっても意味がないようなので、この話は終わりにした。

「それで、だ。パッケージに〝にゃんにゃんエンジェルズ〟を使用する前提で、俺の班でも新商品を開発・発売することになったんだ。まずは部内の選考会を突破してから御前会《ごぜんかい》議に挑むことになるんだが。俺は、どうしてもこの仕事をものにしたい。そして、そのためには、〝子供でも間違いなく作れるお菓子〟〝失敗なしで美味しいホットケーキミックス〟を作りたいんだ」

鷲塚さんが姿勢を正したので、俺も釣られて背筋を伸ばした。

いつも以上に鷲塚さんの目が真剣だ。仕事モードだ。

「だから、いろいろ配合してみて、試作品を用意したんだけど。そもそもどれぐらいの子供からならきちんと作れるものなのか、確認してみたいんだ。それも大人のフォローなしで士郎くんなら、樹季くんなら、武蔵くんやきららちゃんならどうだろうって。俺的には、武蔵くんでもいけるものが理想なんだけど」

うちに頼んできたことも、いつもと違う。

普段は味見兼差し入れだけど、今回は完全にモニター一色だ。

武蔵でも失敗なく作れることが前提って、そうとう気合いが入っている。

「それはすごいですね。うちでお役にたつならいくらでも。ぜひ、確認でも実験してみてください。みんなも協力できるって喜ぶだろうし」

俺は、鷲塚さんの意気込みに、かなり圧倒されていた。

これは、気持ちだけで頑張ろうと思うのではなく、行動しなくちゃだめだ。

今の俺にできること、ちゃんと実行して結果に繋がる何かを見つけて、計画的に動かないと。それも、目標を明確にした上でだ。

「サンキュ！　よし、決まった。今週末お邪魔してもいいかな？」

「はい。できればそのほうがいいです。体育の日に絡んだ連休になると、小学校の運動会があるし、その後は秋休みも絡んできますから」

話が一段落すると、ここからは完全にプライベートな内容になった。

「あ、そうか。もう、そんな時期か。運動会も見に行きたいな」

「どうぞ、どうぞ。士郎と樹季も喜びます。大人手はあったほうがいいので大歓迎です」

これから年末年始、いや春先まで園と学校行事は目白押しだ。

同じ地域内の幼稚園から中学までは、兄弟を持つ保護者のために、行事が重ならないように考慮されている。そのため我が家では、毎週誰かに何かの行事があるに等しい。

これは帰ったら、全員のスケジュールを確認し直さないと、漏れがでたら大変だ。

月末前には双葉の修学旅行もあるし、父さんの締切り関係も把握《はあく》しておかないと、ベストな予定が組めなくなる。

『あ、でも、そうしたら、きららちゃんの園行事ってどうなってるんだろう？　運動会やお遊戯《ゆうぎ》会って終ったのかな？　あの幼稚園なら、ハロウィンやクリスマス会もがっちりやりそうだよな？　衣装作りとかもあるのかな？』

俺は、考えれば考えるほど、自分の身体が三つ四つほしくなってきた。

去年は母さんが他界したばかりで、わからないことも多くて、いろんな行事に穴を空《あ》けてしまったから、今年はそうならないようにしたい。

『鷹崎部長が来たら、聞いてみなきゃ』

なんて、思ったとこで背後に人が立った。

「おはよう」

「おはようございます。鷹崎部…」

勢いよく振り返るも――――誰だろう？

俺たちに声をかけてきたのは、まったく見覚えのない男性だった。

この時間だし、タイミングだし、いつも声をかけてくるのは鷹崎部長なんだけど…。

「この前はどうも。君だよね？　同期会のときに鷹崎の姪っ子を預かってくれた部下の兎田くんって」

「はい。そうですけど」

「おかげで朝まで楽しめたよ。ありがとう」

「それはよかったです。お役にたてて光栄です」

どうやら相手は鷹崎部長の同期さんのようだった。

俺と鷲塚さんはすぐにカウンター席から立った。

ただ、会話は成立するも、やっぱり俺には何部の誰だかわからない。鷲塚さんのほうを見ても、小さく首を振る。寧も知らないのかよって、逆に聞き返されそうな感じだ。

「あ、ごめん。俺は獅子倉《ししくら》っていうんだ。以後、よろしく」

ここでようやく相手の人から名刺を出された。

『この人が、獅子倉さん！』

俺は受け取った名刺にざっと目を通す。

『カンザス支社の業務部部長。ってことは、現地の仕入れ責任者。あ、そうか。俺が初めてきららちゃんを預かる原因になったハリケーン！　あのとき一番被害が大きかったところの担当者がこの獅子倉さんなんだ』

名前だけは耳にしていたが、意外なところで縁があった人だと気づいて驚いた。

『どうりで鷹崎部長もフォローに必死だったわけだ。被害の規模もあるだろうけど、一番仲のいい同期が担当している現場だもんな』

カンザス州は米国内での小麦生産高一位、西都製粉にとっても最大の輸入拠点だった。

その現地仕入れ担当者となったら、我が社では出世コース間違いなしのエリートだが、その分重責職《じゅうせきしょく》であることも間違いない。

先物買いに強くて、現地民との交渉力にも長《た》けていて、なおかつハリケーンのような自然災害にも随時対応できるだけの判断力もいる。

俺はそのことを踏まえた上で、改めて獅子倉部長に視線を戻した。

目が合うとフッと笑われた。彼から何か、圧倒されるようなオーラを感じた。

『稀代の東京九〇期。入社して十年も経ってないのに、この年のメンバーって本当にすごいんだ。普通は課長か係長クラスでも出世頭《しゅっせがしら》って言われるだろうに、支社とはいえ二人も部長がいるなんて。それも、そろってハンサムだなんて――』

獅子倉部長は、疲れ果てると無精《ぶしょう》ひげが怖いワイルド系メンズになっちゃう鷹崎部長とは対照的な、長身でスラリとしたクール・インテリジェントなハンサムだった。

かけている眼鏡やネクタイ一つをとっても、おしゃれでセンスがよくてカッコいい。見た目だけならカンザスの麦畑よりも、断然夜のマンハッタンが似合いそうな男性だ。

俺の周りには覚えがないタイプだ。

彼から家庭的な雰囲気を感じないからかな？

『左の薬指に指輪はなし、か』

なんとなく確認してしまった。これで実は妻子持ちのイクメンパパとかなら、まだ俺でも会話が成り立ちそうな気がした。

けど、俺には無縁のモテモテ独身貴族さんっぽい。

それとも見た目で判断するのはよくない？

なんにしても眼鏡越しの眼力がすごくて、長々合わせていられなかった。

怖いというよりも凄艶《そうぜつ》で、なんだか手当たり次第に捕食してそう。

そういう意味でも、俺にも我が家にも縁がないタイプだ。

獅子倉部長はじっと俺を見続けている。

「それにしても、鷹崎っていつもああなのか？　久し振りに会ったら、所帯臭いのなんの。いくら姪を引き取ったからって、半年やそこらであんなに色艶《いろつや》が無くなるもんなのかね？見た目はいい具合に年を重ねたなと思うのに、何なんだろうな。あの枯渇《こかつ》ぶりは」

『こっ、枯渇!?』

俺は、これがわざわざ他人の顔を覗いてまで聞いてくることかと、茫然《ぼうぜん》とした。

『あんなに艶々《つやつや》で凛々《りり》しくてカッコいい鷹崎部長のどこが、何が枯渇してるんだよ!?　一人の独身男性としても、きららちゃんのパパとしても、二百点満点のセクシーガイじゃないか!!』

ここで叫ばなかったのは奇跡だった。

それは、鷲塚さんが無言でスーツの裾《すそ》を引っ張っていた、「ここは絶対に黙っとけ」と合図してきて、俺にストップをかけてくれたからなんだけど。

だとしても、ひどい！

「それとも公言してないだけで、内縁の妻でも囲ってるのかな？　だとしたら水臭いっていうか、昨夜はどこに隠してたんだよって話になるが。あ、君たちは聞いたことない？鷹崎の女の話」

俺が言い返さなかったからか、獅子倉部長はニヤリと笑って利き手の小指を立ててきた。

俺はこの段階で、土曜の電話のときに鷹崎部長の傍でギャーギャーやっていた酔っぱらいは、間違いなくこの人だと思った。

鷹崎部長が所帯臭い発言も失礼だけど、真面目で厳しそうな顔をしてこれだもの。

あのあと鷹崎部長を〝可愛い子がいっぱいいるお店〟に連れていったのは、絶対に獅子倉部長だ！　って。

なんだかもう、朝から頭に血が昇る。

「いえ、そう言った話は…」

「一度も聞いたことはありませんよ」

今にも俺がドカンとキレるのを危惧してか、鷲塚さんが声を大きくするのと同時に俺の前へ出た。

「俺は他部署の人間ですけど、それでも鷹崎部長の話はよく耳にします。異性からも同性からも慕《した》われているし、腹が立つぐらいモテる方ですね。それこそ姪っ子ちゃんを引き取って尚、結婚したいナンバーワン、恋人にしたいナンバーワン、不倫したいナンバーワンの三冠王ですから、枯渇どころかフェロモン垂《た》れ流しなんじゃないですか～？」

鷹崎部長を褒めながら、何げなく語尾で喧嘩を売っている？

というか、そんな鷹崎部長の三冠話なんて聞いたことがない。

これって俺が知らなかっただけで、鷹崎部長狙いの女子社員が山ほどいるってことだよな？

しかも、不倫ってなんだよ不倫って。これって人妻ＯＬにも大人気ってこと!?

『もう、鷹崎部長モテすぎ！　それも俺の知らないところで、ひどい!!』

いや、勝手に選ばれているだけの鷹崎部長には、何も罪はないけどさ。

それにしたって鷲塚さんの暴言に、余裕の笑みを浮かべる獅子倉部長に突っ込みどころがありすぎで、俺は気が気でなかった。

「そうなんだ。だったら安心か。見た目ほど以前とは変わってないんだな。腹だけは弱くなったみたいだけど」

何が安心!?　どこが安心!?

以前と変わってないって、腹だけは弱くなったってどういうことだよ!!

もしかして、鷹崎部長に意気揚々《ようよう》と〝生焼けの粉もの〟を食べさせたお泊り同期さんって、獅子倉部長!?

俺は彼が何か言うたびに、心拍数も血圧も上がりそうだ。

それなのに――――。

「ところで君っていくつなの？」

獅子倉部長は、俺の前に立った鷲塚さんをよけてまで声をかけてきた。

「二十歳です」

「二十歳!? あ、高卒入社の大家族長男くんだっけ。でも、そう言われたら君も所帯臭いね。やっぱり家事や育児が日常的だと、そんなふうになるもんなのかな?」

さすがに一言ぐらい返しても許されるだろうかと思った矢先に、鷲塚さんのほうがブチギレた。俺を押し退けてまで前へ出た。

「それを言うなら家庭的です! 単にアットホームで優しい人柄が自然に滲《にじ》み出てるってだけです」

「君、兎田くんの彼氏?」

「は!?」

真顔で聞かれて、鷲塚さんの眉間に皺が寄った。

「いや、さっきからやたらと兎田くんの盾になるから、そうなのかなと思って。もちろんこれはアメリカンジョークだけどね」

軽やかに笑い飛ばす獅子倉部長に、鷲塚さんの鼻息が荒くなる。

軽く俯き、「笑えねぇジョークかましやがって」と舌打ちしたのを聞いた瞬間、俺の背筋に冷や汗が流れる。

それはそうだ。もっともだ。いくらこっちの事情を知らないからって、なんてこと言ってくれるんだよ、獅子倉部長!!

「まあ、なんにしても半月ぐらいはこっちにいるから、よろしく。じゃあ」

それは今後も笑えないジョークに付き合えってことなのか、それとも滞在中は鷹崎部長と飲み歩くから、またきららちゃんを頼むねってことなのか。

いずれにしても俺としては、珍しく〝よろしくされたくない人〟だった。

朝から唯我独尊《ゆいがどくそん》でかましてくれた獅子倉部長は、とても機嫌よく俺たちの前から立ち去っていく。

「国を長く離れると、言葉の使い方を忘れちゃうのかね？」

人のいい鷲塚さんが、怒りさえ通り越して呆れてる。

「おはよう」

と、今度こそ鷹崎部長！

「あ、おはようございます」

「おはようございます、鷹崎部長。例のにゃんにゃんの話、聞きましたよ」

それでも鷲塚さんは、今現れたばかりで、俺たちのやり取りなど知る由《よし》もない鷹崎部長には、いつも通り接した。

「ああ。なんだ、もう知ってるのか。意外に地獄耳だな。まだオフレコのはずだろう」

「開発に情報は不可欠ですからね」

「そうか。侮《あなど》れないな」

完全に獅子倉部長と鷹崎部長は切り離して接していた。

こういうところが鷲塚さんの魅力でありすごいところだ。俺も見習わなきゃ。

そもそも獅子倉部長があんなことを平気で言うのも、鷹崎部長と俺のことを知らないからだ。ましてや、鷲塚さんと俺にあった諸事情なんかもっと知りようがないんだから、仕方ないもんな。

鷹崎部長のお腹を壊すような、生焼け料理を作って食べさせたことは論外だけど！

『それにしても所帯臭いか。俺のことに関しては、これまでさんざん言われてきたことだけに、怒るに怒れないよな。いつの間にか俺の所帯臭さに、鷹崎部長を巻き込んでるってことだろうし――――』

いつもなら上機嫌になることはあっても、悩むことなどほとんどない朝のひととき。俺の貴重なコーヒータイム。

けど、今朝は獅子倉部長のおかげで、かなりショボンなことになった。

彼の言葉が、まるっきり的を射ていないわけでもないことが、実際所帯臭さに自覚満載の俺を凹《へこ》ませた。

『あ、双葉からメールだ。珍しいな、日中に――――と、今夜から明日中には生まれそうな気配？　わっ！　残業が入らないといいな』

そんな俺が、即日立ち直れたのは待ちに待ったエルマーちゃんに子犬誕生の気配が強くなってきたから。

「部長、部長！　エリザベスの子犬がもうすぐみたいです」

「そうか。無事に生まれるといいな」

「はい。もう、それだけです」

家族全員がやきもきしながらも待ちに待ち、結局火曜の夜から水曜の明朝にかけて生まれた六匹もの可愛い子犬たちを、隼坂さん親子のご厚意で見ることができたからだった。

＊＊＊

これまで以上に、追い立てられるような時間の早さを実感したのは、社会人になってからだった。

いざ、一念発起《いちねんほっき》。自分も仕事で新しい何かをしたいと思い立ったところで、すでに割り振られた業務をこなすだけで精一杯だ。自分の不備で先輩たちの足を引っ張っては大変だし、間違っても取引先で粗相《そそう》だけはできないと思えば、無意識のうちに気がはった状態のまま一日が終わっている。

そして、今日もミスがなくてよかったと安堵したときには、帰宅後の家事の段取りに頭が向かっている。特に考えようとしているわけではないが、習慣として身に付いている。

そうなると、俺はやらなきゃいけないことに、これからやりたいことを挟み込んでいく難しさに、連日溜息の嵐だった。

『はぁっ。こんなことじゃ普通免許だっていつ取りに行くんだよ。鷹崎部長とも約束して、ずいぶん経つのになぁ。それにしてもよく訪ねてくるな、獅子倉部長。お腹壊されても笑ってるってことは、鷹崎部長にとっては、それだけ大事な同期なんだろうけど』

しかも、俺の溜息を日常的に増やしているのが獅子倉部長の存在だ。

彼がここにいる間に、お互い仕込んでおきたい仕事がある。今後の根回しもしておきたいから今のうちに…とは、鷹崎部長からも聞いたけど。

でもな――――。

『獅子倉部長が一緒にいると、鷹崎部長の雰囲気がいつもと違って見えるって、なんなんだろう？　落ち着きがないわけじゃないけど、勢いのほうが増して見える。キラキラというよりギラギラしていて、精悍《せいかん》さが際立《きわだ》っている。獅子倉部長と同じような世界観を漂わせていて、パパっぽさが見当たらない。きららちゃんを引き取る前の部長って、もしかしたらあんな感じだったのかな？　いや、そもそも俺と付き合う前は、きららちゃんがいてもあんな感じだったっけ。言われてみるまで、子供の気配なんて感じなかったもんな』

――――なんて思っていたら、いきなり木曜の夜に双葉が言ってきた。

「寧兄。今週末ってさ、生まれた子犬を見に鷹崎さんたちが来るじゃん。だから、明日は俺が学校帰りにきららちゃんを迎えに行って、そのまま家に連れて来るから、寧兄は鷹崎さんとゆっくりしてくれれば」

「え？」

「せっかくサラリーマンの肩書きを持ってるんだから、残業だって言えばいいじゃん。別に部内の飲み会で遅くなるでも構わないし。お迎えの話をしたら、隼坂も付き合ってくれるって言うし。高校生でも男が二人いれば安心だろう」

双葉は、俺が自分の立ち回りの悪さに肩を落としていたのを誤解したようだ。

ラブラブ交際中とはいうものの、なかなか鷹崎部長と二人きりになれないから凹《へこ》んでると思ったらしい。

まあ、遠からず近からずな部分もあるけどさ。

「でも…」

「でもじゃないよ。遠慮するなって。きららちゃんや七生たちのことは、俺と充功たちで遊び倒して爆睡《ばくすい》させておくから。なんなら朝帰りでもいいよ。これはもう、寧兄のためって言うよりは鷹崎さんのためね。何度も言うけど、見るに忍びないから」

双葉の気遣いは嬉しかったけど、実のところ余計に凹《へこ》んだ。

『見るに忍びない…。そうか、俺じゃなくて鷹崎部長が忍びないのか。やっぱり俺がすべてを所帯臭くしてるんだな』

それでも好意は好意だ。それも双葉から鷹崎部長への好意だけに、俺はその日のうちにメールを送って相談した。

その結果、俺と鷹崎部長は明日の会社帰りにデートをすることになった。

いろいろ考えることはあるけれど、ここは素直に双葉に甘えてありがとう!! ってことにした。


金曜日。俺は仕事が終わったその足で、鷹崎部長のマンションを訪れていた。

今夜は獅子倉部長から持ち込まれた突発仕事が入り、鷹崎部長は一、二時間程度の残業だ。

それなら下手な店で待ち合わせをするより、自宅で待機してもらったほうが安心だという話になり、俺は初めて鷹崎部長から部屋の鍵を預かった。

先に一人でお邪魔することになったのだが――――。

よくよく考えたら俺は、これまで誰もいない家に一人で入ったことがなかった。

記憶をたどっても「ただいま」と言って、「お帰りなさい」と返って来なかったことが一度もない。

父さんか母さんか弟たちか、誰かしら家にいたからだ。

それもあり、俺は部長宅に一人で入ることに、とても緊張した。

挙動不審者《きょどうふしんしゃ》かっていうぐらいビクビクしていた。

『これでいきなり、獅子倉部長と飲みに行くことになった。断れなくて、ごめんとか言われたら凹《へこ》むな。いや、普通の社会人カップルならよくある話なんだろうけど。って！　駄目だ駄目だ！　こんなことじゃ、ますます鷹崎部長を所帯臭くしちゃう。こんな機会滅多にないんだから、仮に勢いづいて飲み会になっても、気を付けてくださいねって言わなきゃ！　普段きららちゃんと二人きりで大変なのは、鷹崎部長のほうだ。獅子倉部長がいる間ぐらい、独身貴族満喫《まんきつ》でリフレッシュしてもらうことだって必要だ』

預かった鍵がすごく重く感じて、手も震えた。

最初は上手く開けられなかったほどだ。

そして、実際家に入ってもその緊張は続いて――。

「お邪魔しますぅ」

俺は、真っ先に仏壇《ぶつだん》のある部屋へ行き、「ご無沙汰《ぶさた》してます。いつもお世話になってます、兎田です。今夜はよろしくお願いします」と挨拶をした。

普通なら部長の家に一人でいるのと、仏様となったお兄さん夫婦と一緒にいるのとどちらが怖いんだよって話だ。

けど、俺としては一人より三人のほうが心持ち楽だった。

これまで「たとえ幽霊でもいいから、母さんがいてくれたら」って思ったこともあったから、そういう発想の持ち主に変わっていたんだ。

もちろん、歓迎できるのは身内限定の幽霊さんに限るけどね。

「よし！　せっかくだから、俺にできることをしておこう。エプロンをお借りしますね」

しっかり挨拶を済ませて、気持ちが落ち着いたからだろうか？

俺は、部長を待っている間に夕飯を作り、お風呂を沸かしながら部屋の掃除をすることに集中した。

チビッコたちが走り回っていないだけで、作業は驚くほどはかどった。

ただ、これで「ただいま」「お帰りなさい」となったら新婚さんみたいだな――――なんて想像したら、急にドキドキ・ニヤニヤが止まらなくなった。

七生じゃないけど、つい口ずさむ。

「カメカメたんたん♪　カメたんたん♪　あれ？　なんか違うな？」

今度は変に上がったテンションを落ち着けるために、俺はますます家事に没頭《ぼっとう》した。

時には仏壇のリンを鳴らして、何度も両手を合わせた。

鷹崎部長のお兄さん夫婦であり、きららちゃんのお父さんとお母さんに向かって、最近の二人の様子なんかを勝手に話すという、かなり迷惑な奴になっていた。

そこへメールが届いた。

「あ、部長からだ。今終ったから帰るって、やったー!!　鷹崎部長が獅子倉部長とは飲みに行かずに帰ってきますよ、お兄さん、お姉さん。あ、先に夕飯のお供《そな》えしておきますね。肉じゃがですけど、先に食べていてくださいね」

どうやら俺は、恥ずかしくなりすぎると自然におかしな行動をとるようだ。

その後インターホンが鳴ると、待ちに待ったシチュエーションにますます胸が躍《おど》る。

「ただいま」

「お帰りなさーい」

当然、帰宅後にこんな馬鹿話を聞かされた鷹崎部長は、お腹を抱えて笑っていた。「きっと兄夫婦も楽しかっただろうな」って、仏壇に向かって言ってくれたところが本当に優しい人だ。

まあ、だからといって、お兄さん夫婦が失笑していなかったとは言いきれないけどね。

「ご馳走様《ちそうさま》でした」

「あ、俺が片付けます」

「だったら一緒に片付けよう。そのほうが新婚ぽい」

「――――はいっ」

そうして二人揃って夕飯を終えて、対面式のキッチンで後片付けをした。

「そうか。相変わらずお兄さん思いだな、双葉くんは。俺のことを気にかけて言ったほうが、兎田も家を空《あ》けやすいもんな」

今回のデートで、俺が双葉に言われて凹《へこ》んだことを打ち明けると、鷹崎部長はさらりと返してきた。

「そうでしょうか」

「俺も兄貴に面倒見てもらった立場だから間違いないよ。彼女に申し訳ないから、気にせずデートに行ってくれってよく言った。しかも、彼女のほうには俺の兄孝行だと思って、すみませんけどデートしてやってくれませんかって、根回しもした。今回の双葉くんみたいにね」

そんなことまでしてたのかと知り、慌てた俺を見てニヤリとする鷹崎部長。

こんなことのために、みんなで連絡用のアドレス交換をしたわけじゃないんだけどな。

「っ、の。もう…。すみません」

恥ずかしいやら、申し訳ないやら、俺は穴があったら入りたい心境《しんきょう》だ。

ここまで弟にセッティングをされるって、どうなんだよ？

しかも、朝帰りしてもいいよ、まで言われて――――双葉っっっ！

「謝ることはないって。俺がいい思いをさせてもらうのは確かだからな」

「部長っ」

意味深な台詞と共に、背後から抱きしめられて、俺は持っていたスポンジをシンクの中に落とした。

部長は私服に着替えていたけど、俺は上着を脱いで、ずっと部長のエプロンを借りて家事をしていた。

洗い物も二人分だとすぐ終わるので、このさい冷蔵庫に残っていた食糧で惣菜《そうざい》の予備を作っておこうかなと思っていたが――なんだか、そういう雰囲気じゃない。

「そんなことより、ごめんな。せっかく双葉くんが気を遣ってくれたのに、今夜は自宅デートなんて言い出して。先週、久し振りに朝まで梯子《はしご》したら飲み疲れちゃって。俺も若くないな。獅子倉なんて、今夜も仲間とはっちゃけてるのに」

すでに食器は洗い終えていたからか、部長が俺の手を濯《すす》いで、傍にあったハンドタオルで拭《ぬぐ》ってくれた。

普段俺が七生にしていることと変わらないのに、部長がするとなんかエッチだ。

これだけで俺は、ドキドキしてくる。

このまま振り向いたら、キスしてくれるかな？

そんな下心を隠しながら、俺は鷹崎部長に視線を向けた。

「そんなことないですよ。獅子倉部長は久しぶりの帰国だから、断れないお付き合いもあるんだと思います。それに、俺はどこでも部長と一緒なら嬉しいし。今夜のうちに少しでもおかずを作っておいたら、土日にのんびりできますから好都合です」

「のんびりできるのは、俺だけだろう。兎田はそうじゃないじゃないか」

「俺は大丈夫ですよ。それに、部長がのんびりしてるのを見ると、俺は気持ちがのんびりするんです。まあ、そうは言っても、七生たちが許してくれないんでしょうけどね」

「まあな」

部長がクスッと笑ってから、俺のこめかみに口づけた。

それがくすぐったくて、優しくて、俺は嬉しくて仕方がない。自然に身体が部長のほうへ寄っていき、もっときつく抱きしめてほしいと催促してしまう。

「兎田」

『部長、大好き』

今夜は勝手な妄想で一喜《いっき》一憂《いちゆう》したためか、俺は感極まって自分からも部長の背中に手を回した。ギュッと抱きしめ合ってキスをすると、俺の中の嬉しいが満ち溢れて、幸せな気持ちになる。

でも、この幸せは家族の中で感じる、穏やかで温かいだけの幸せじゃない。

鷹崎部長と居《い》るときの幸せは、ちょっと違う。

「部長…っ」

髪を撫でられ、頬に触れられ、じっと見つめられるだけで俺は全身が熱くなる。

すでに鷹崎部長から与えられる特別な快感を知ってしまった、覚えてしまったからだろうけど欲情してしまう。

「ごめんな。細やかなのんびりより、俺は兎田がほしい」

「――俺も」

恥じらいもなく同意しちゃうって、どうなんだろう？

いつもあとから冷静になると、疑問や不安が起こる。

けど、こうして部長の腕の中にいるときに、冷静でいられた試しなんかない。俺は部長を煽《あお》って、急《せ》くことにしか、身も心も動いてない。

だから、部長がホッとして笑みを浮かべると、

「なら、よかった」

「鷹崎部長」

俺は、いっそう強く抱きついて、両手を回した背中をそれとなくなぞった。

部長の背中は筋肉質で厚みがあって、くびれた腰までのラインが何とも言えず、同性の目から見てもセクシーだ。

ずっとなぞっていたくなるけど、それは深く激しいキスで中断される。

「――――、んっ」

「兎田」

歯列を割って入り込む彼の舌に舌を絡め取られて、俺の呼吸が甘ったるい嬌声《きょうせい》に変わる。

俺を抱いていた両手が次第に背中から腰を、そして胸元を縦横無尽《じゅうおうむじん》に愛し始めて、俺は

感じるままに身をくねらせる。

くすぐったい――――でも、気持ちがいい。

いつしかたくし上げられたシャツの中に、部長の両手が入り込む。部長の手の感触が、温《ぬく》もりが俺を芯から奮《ふる》い立たせる。

それなのに、後ろから前から肌を探られ、胸の突起や臀部《でんぶ》の狭間を弄《まさぐ》られ、俺は膝から力が抜けていく。このままだと、この場にへたり込んでしまいそうだ。

「部長っ」

すぐにでもベッドへ移動したくて、甘え強請《ねだ》った。

部長はそんな俺の外耳を甘噛みして、弄っていた胸の突起をキュッと摘まむ。

「部長っ？」

移動する気なし？　まさかこのままここで？

俺が新婚さんみたいなんて言ったから、変なスイッチが入っちゃったのかな？

いや、新婚さんだからキッチンっていうのは、俺の誤解かもしれないけど。

『どうしたらいいんだろう』

戸惑うまま勝手な想像をしすぎてか、俺の頬が真っ赤に染まった。

「すまない。俺のためだけに甲斐甲斐《かいがい》しく動く兎田を見ていたら、駄目か？　嫌か？」

鼓膜の奥に、苦しそうな部長の声が響いた。

今すぐ一つになりたい。そんな激しい欲情が伝わり、俺は首を横に振った。

だって、こんなに強く求めてもらって、駄目なんて言えない。ましてや嫌ですなんて心にもないことは、口にできない。

俺はカクカクしていた両膝に力を入れて、鷹崎部長に抱きついていく。

「なら、今だけ我慢してくれ。もう、一秒も待てない。待ちたくない――」

俺から同意を得ると、鷹崎部長の利き手が俺のベルトを探った。

ベッドへ移動する数秒さえ惜しい。そんな荒々しさがバックルに共鳴しているのか、いつになく音を立てて、俺の欲情を煽る。

「兎田」

ベルトが外れて前を開かれた。

鷹崎部長が両膝を折り、俺の下着とズボンを同時に下ろして、太腿にキスをしてきた。

これだけでも腰が抜けそうなのに、部長は舌を這《は》わせて、真っ直ぐに俺自身を含みにいく。下から舐め上げるようにして――もう、俺のほうが息も絶《た》え絶《だ》えになってくる。

「部長っ」

無意識のうちに、部長の頬や肩に触れようとするも、着けられたままのエプロンが邪魔で、部長の表情《かお》が見えない。

仕方なくシンクに両手をついて寄りかかるが、今になってエプロンの下で蠢《うごめ》く鷹崎部長の姿を想像してしまって、恥ずかしいぐらい感じてしまう。

「部長っ…んんっ」

すでに膨らみ始めていた俺自身は、部長の口内で丹念《たんねん》に愛され、限界まで高ぶっていた。

その一方で、俺の身体を支えるように腰に回っていた両手が臀部《でんぶ》の狭間を探って、入口から中をほぐしにくる。

くちゅくちゅと淫靡《いんび》な音だけがエプロン越しに聞こえて、もう——無理！

「あっ、部長っっ」

一瞬のうちに俺の全身に痺れるような快感が走って、イってしまった。

鷹崎部長の口内に白濁《はくだく》を放ち、眩暈《めまい》がしそうな絶頂感を味わった。

身体が勝手に反応し、中まで入り込んでいた部長の指を締め上げていた。その太さや固さを実感するだけで、淫らでいやらしい気持になる。

身も心も——全部。

「兎田」

「部長っ」

これまでなら、真っ先に「ごめんなさい」が口をついた。

けど、今夜はそれを発する間もなく、更に指で奥を探られた。まるで「お前も欲しいか？　俺が欲しいよな？」って、確認されるように激しく抽挿された。

俺が放った白濁も塗り込められて、吐息がすべて嬌声《きょうせい》になる。

「早くっ。もう、いい…来て」

俺がたまらず口走ると、部長が勢いよく立ち上がった。

いつになく紅潮した顔で、俺の身体を返した。

「兎田っ」

潤んだ密部にいきり立つ部長自身が押し付けられる。

俺がシンクの淵を両手で掴むと同時に、一気に奥まで入り込んできた。

そこから先は、もう――――。

「あっんっっ」

言葉もないまま突き上げられて、俺は悲鳴のような喘《あえ》ぎ声を上げていた。

握り締めたシンクが、突き上げられるたびにキュッキュッと音を立てる。が、それがさらに欲情を煽って、息が上がる。

「あっ…っ」

時折エプロン越しに俺自身がシンク台にぶつかり、擦《こす》れて痛い。

だが、それさえ今の俺には刺激と快感にしかならないようで、悦《よろこ》ぶ自分が怖くていつの間にか目頭《めがしら》が熱くなる。

こんなことが気持ちいいなんて、どうかしてる？

部長に知れたら、嫌われる？

けど、俺の喘ぎ声にしゃくりが混じり始めると、鷹崎部長が力強く抱きしめてきた。

痛いほど、きついほど抱きしめて、でもいっそう奥まで突き立ててきた。

「ごめんっ、ごめんな。あとで優しくするから――――今だけは赦《ゆる》せ」

この瞬間、どうにもならないのは、俺だけじゃない。

どうかしてるのも、俺だけじゃない。

鷹崎部長も俺と同じことを感じて戸惑っていた。コントロールが効かない自分自身に、翻弄《ほんろう》されながらも俺を抱いていた。

それがわかると、俺はホッとして涙が零れてしまった。

「兎田」

頬から続けてポタポタと落ちたものだから、それに気づいて鷹崎部長が慌てた。

「平気ですっ。嬉しいだけだから…」

俺はすぐに部長の手に、自分の利き手を這《は》わせた。

俺を抱くその手をぎゅっと掴んで、これ以上無理ってほど身を寄せる。

「部長のことが、大好きなだけだから」

「――――兎田」

そこから先は、更に激しさを増したこと、そして部長も俺も心身から熱くなっていたこと以外、よく覚えてなかった。


俺はどこかで意識が途切れたらしくて、気がつくとベッドの中にいた。

鷹崎部長の腕枕で寝ていて、約束通り、すっごく優しくしてもらった。

いっぱい撫でられてキスもされて、愛してるって言ってもらった。

それだけで俺は幸せだったし、夢のようだと思えた。

でも、身体に残る痛みは、これが現実だと教えてくれた。

これまで以上に感じた怠《だる》さは、鷹崎部長から我武者羅《がむしゃら》に愛された悦びを、微《わず》かだが俺に思い起こさせてくれた。

それだけに俺は、次はちゃんと覚えていたかった。はっきりと全部記憶していたいし、たとえほんの少しでもうやむやになるのが嫌だった。

そんな欲が芽生《めば》えて、俺は鷹崎部長に言った。

「俺、これからもっと身体を鍛《きた》えますね」

「っっっ」

鷹崎部長は真っ赤になって、「すまなかった」と枕に顔を埋めた。

俺はまた何か的外れなことを言ってしまったらしかった。

――恥ずかしい！

6

翌日、俺と鷹崎部長は夜明け前にマンションを出た。

これまでいろいろあったことを振り返り、本当は昨夜のうちに帰ろうと決めていた。

だが、実際は俺が寝てしまい、起きてもすぐにはベッドから出られず、イチャイチャしたい欲望に勝てなかった。そのまま数時間を過ごしてしまった。

なので、せめて七生たちが起きる前に家に着くようにしようと出発したわけだ。

『そういえば、部長。朝からメールを打っていたけど誰にだろう？　双葉が何か言ってきたんなら俺に教えてくれるよな？　ってことは会社の誰か？　もしかして鷲塚さん？』

ただ、せっかくの早朝ドライブだというのに、俺は些《さ》細《さい》なことが気になっていた。

本当に些細なことなんだから、部長がスマートフォンを持っていたときに聞けばよかったんだ。

けど、そのときはなんとなく遠慮してしまったために、余計に気かがりとして残っていた。

いた。

彼がとても部長と親しく、同期の中でも一番近い人なんだってことは、すでに理解して

『獅子倉部長？』

ふと、獅子倉部長の顔が浮かんだ。

きっと俺にとっての鷲塚さん…というよりも、もっと対等でお互いを理解していて、大人の男同士の関係なんだろう。

友情がどうとか言うよりも、同期の戦友。お互い職場という戦場で助け合い、信じ合い、命を預け合えるような――――。

大げさだけど、そんな感じの仲だってことは、十分俺にも伝わってきた。

獅子倉部長が帰国して十日も経っていないし、実際俺が接触したのは声をかけられたときと、その後の挨拶程度。けど、それでもわかるぐらい二人の間には、すでに出来上がった信頼があったんだ。

ただ、だからかな？

俺はかなり獅子倉部長から、マークされている気がした。

これまで何度もきららちゃんを預かっている、今現在鷹崎部長のプライベートに一番近

い部下ってことで、人となりを見られているのかもしれない。

それとも彼が女性なら恋敵《こいがたき》…とは、逆に思わないか。

この場合、彼が男性だからこそ、俺も男だからこそ、意識をされているんだろう。

俺自身も意識というか、嫉妬しているのかもしれないし。

獅子倉部長は、俺にはどう頑張っても太刀《たち》打《う》ちできない位置にいる人だから。

鷹崎部長を本来の、一個人に戻ったときの独身男性に戻してあげることができる、今のところ唯一の人だから――――。

「どうした？　兎田」

「いえ。なんでもありません。それにしても、綺麗な朝焼けですね」

「ああ。本当だな。今日は見事な秋晴れになりそうだ」

俺は自分の中にあるモヤモヤをごまかすように、車窓の外を見た。

なんとなく目を向けた日の出だったが、思いのほか綺麗で感動的だった。

「来年の初日の出、みんなで見たいな」

「それ、いいですね！　この辺りだと、どこへ見に行くのがいいんだろう？」

部長の何げない一言のおかげで、俺はすぐにモヤモヤしていたものが吹き飛んだ。

部長がこれからもみんなで一緒にいたいと考えてくれている。今はそれがわかっただけで嬉しかったし、安心もした。

俺は自然に顔がニヤニヤして、止まらなくなる。

「兎田」

赤信号で車が止まった。いきなり部長が俺の腕を掴んで、運転席に引き寄せた。

「っ!?」

三秒にも満たないキスをされて、俺は声にならない悲鳴を上げた。内心驚喜《きょうき》した。

「悪い。なんか、急にしたくなった」

そう言った部長が、照れくさそうに微笑んだ。

信号はすぐに青に変わった。

その後は何事もなかったように、バイブランレッドのフェアレディZ・STは走り出す。

『部長――――大好き』

俺は、鬼に笑われてもいいから、お正月には来年の話がしたいと思った。

たとえ鬼に殴られてもいいから、十年後の話もしたいと思った。

七生たちが起きてきたのは、俺たちが帰宅してから一時間後ぐらいだった。

「ひっちゃー！　きっパー！　ひゃあああっ」

昨夜は双葉たちに、そうとう言い聞かされていたのかな？

七生は降りて来たら、俺と鷹崎部長がそろって朝食の支度をしていたものだから、歓喜の声を上げた
「おっは・よーっ♪　おっは・よー♪　おっは・よっ・よーっ♪」

俺の足にしがみついてきて、アヒル尻を左右にフリフリ。最後のほうは縦ノリだ。

これは、カメソングの替え歌なのか、どんどんグレードが上がっている？

なんにしても、こんなに喜ばれたら可愛くて仕方がない。部長と目と目を合わせて、早めに帰ってきてよかったと頷き合った。

「ひとちゃん、おはよー」

「パパ、おはよう」

「寧くん、きららちゃんパパ、お帰りなさ～い」

七生の声を聞いて、二階からきららちゃんや武蔵、樹季が次々に降りて来た。

「寧兄。そう言えば昨夜、鷲塚さんから電話が来たよ。今日は早めにお邪魔しますって」

「ホットプレートの用意って、しておくの？」

「え？　今日のはレンジでチンじゃなかったっけ？　でも、一応用意しておくほうがいいかな？　何があるかわからないし」

　さらに双葉、充功、士郎が降りてきて、最後に眠そうな顔でトイレから出てきた父さんが揃って、「おはよう」と笑った。

　あっという間にＬＤＫが賑《にぎ》やかになる。

「昼前にはホットケーキ大会だし、朝は軽めでいいよね」

　俺はできたての朝食をリビングに並べた長座卓に運びながら、時間を確認した。

　十時前には鷲塚さんが来ることになっていたので、納豆にめざしの丸焼きにわかめのお味噌汁と炊《た》き立てのご飯。あとは、残り野菜で作った浅漬けに作り置きのきんぴらを出して終わりだ。

　でも、鷹崎部長もきららちゃんもこういうのが好きだから、本当に助かる。

　そして、今朝は各自にサラダが皿盛りされないだけで、充功と樹季は浮かれていた。

「どうせ武蔵たちの失敗作も腹に収めるんだから、それでいいんじゃね」

「みっちゃんひどいっ。俺、失敗しないよぉっ」

　どうでもいいような話だけで、ここから小一時間は盛り上がる。

　やっぱり十人そろうと壮観《そうかん》だ。

こうして「いただきます」から「ご馳走様」までが一気に済むと、俺たちは後片付けをしながら鷲塚さんを待った。

「今日はきららたちで全部作っていいの？」

俺が、ケーキ作りに必要かなと思われるボールやホイッパーをそろえていると、きららちゃんが嬉しそうに聞いてきた。

「そうだよ」

「わーい」

「あ、そうだ。せっかくだからその前に。ちょっと待ってて」

「？」

俺たちの話を聞いて、父さんが思い出したように自室へ向かった。

そして、戻って来たときには、大きな紙袋。それを見たきららちゃんの目が光り、武蔵の眉間に皺が寄った。

これは過去に何度かあったパターンだ。

「はい、これ。きららちゃんへのプレゼント」

父さんはリビングのソファに、紙袋の中身を並べていった。

今日は誰のコスプレ衣装だろう？

巻き込まれるのが嫌な武蔵が無言で逃げようとしていたのを、これまた無言で充功が捕まえる。逃がしてやればいいのに、今ぐらい。

けど、袋から出てきたのは、いつもと何か違った。

なんだか普通の服っぽい？

「わー！　にゃんにゃんエンジェルズのエプロンドレス！　白ネコちゃんに黒猫ちゃんにロシアンブルー。いっぱいあるぅ」

「これはおじさんの仲間が〝小さいママ〟に着てほしいなと思って、作ったんだって。だから今日は、これを着てお手伝いしてくれる？」

「嬉しい！　でも、汚したらどうしよう」

「いいんだよ、汚しても。そしたら洗うだけだから。エプロンってそういうものだろう」

「そっかぁ。でも、うわぁ～。どれから着よう。やっぱり白ネコちゃんかな。ふふふ」

きららちゃんは、フリルとリボンがついた真っ白なエプロンドレスを手にして、一気にテンションが上がったようだ。

エプロンドレスには各自の附属に「金の鈴」とか「銀の鈴」がついたチョーカーがセットになっているけど、これらは全部子猫がつけるようなサイズの鈴だ。これまで見てきた、にゃんにゃんエンジェルズの戦闘衣裳とは違っていて、コスプレという気がしない。

「？？？」

「何話か前に出てきた私服バージョンのひとつだよ。ある意味、更にマニアックに走ったってことかな。けど、あれなら普段使いできるデザインだし、そのうち提携メーカーから発売されるかもね。そもそもにゃんにゃんの衣装デザイナーさんって、某有名乙女ブランドでもシリーズを持ってるような人らしいし。先を読んで普段着デザインにも力を入れてるのかも」

首を傾げた俺に、士郎がサラッと説明してくれた。

どうしてそんなことにまで詳しいのか、本当に謎だ。恐るべし小四児童だ。

しかし、そんな士郎さえ敵《かな》わない相手が複数いたことを、今日はしみじみと知ることになった。

「とっちゃ、なっちゃはーっ？」

「あるよ。ちゃんとアップリケがついたのを、みんなに作ってくれたよ」

「きゃー。にゃんにゃーっ」

父さんは七生が催促すると、〝エンジェルちゃん〟と呼ばれる羽の生えた白猫キャラの可愛いアップリケが胸元にドンとついたエプロン（でも、形はシンプル。フリフリなし）を差し出した。

「あ、武蔵と樹季と士郎にもはい！　今日はいつもお世話になっている鷲塚さんの御指名《ごしめい》なんだから、頑張って美味しいのを作ってね」

「は～い」

「僕にもあるんだ。可愛いね！」

普段のコスプレに比べたら大分マシなエプロンを受け取り、武蔵は渋々《しぶしぶ》返事をした。

樹季はあまり抵抗がなさそうだ。むしろ、嬉しそう？

だが、ここで自分まで巻き込まれるとは微塵《みじん》も思っていなかったんだろう、士郎は突きつけられたエプロンを前にしばし黙った。

「うわ！　今日はイェグディエル様とガブリエル様も一緒なのね！　やったーっ」

「やっちゃーっ」

はしゃぐきららちゃんと七生に文句は言えず、ニッコリ微笑む父さんから、小四男子にはちょっときついかなっていうエプロンを否応《いやおう》なく受け取った。

――で、イェグディエルって誰？　っていうのは、心の中にしまっておいた。

なぜなら、ガブリエルのほうは初期メンバーなので、久し振りに俺にもわかったからだ。

ただし、どっちがどっちで士郎と樹季に当て嵌《は》められているのかは、きららちゃんのみぞ知るだったけどね。

NYANNYAN ANGELES
NYANNYAN ANGELES

実験に指名された四人（士郎・樹季・武蔵・きららちゃん）が準備万端整ったころ、鷲塚さんが試作品を持参して現れた。

「じゃあ、今日はよろしくお願いしまーす」

「はーい」

小さい子でも美味《おい》しく作れる、失敗しないがコンセプトの開発中の試作品。今日はそれのレシピを決めるための実験であり、それによって今後はミックス粉の配合を検討・調整していくらしい。

「せっかくだから、ビデオを撮っておこう」

「初めてのお使いならぬ、初めてのおやつ作りだもんな」

双葉と充功が対面キッチンのダイニング側から、すかさずホームビデオをセット。二人共俺に負けない兄馬鹿たちだ。

それを見た部長が、何とも言えない顔で微笑んでいる。

鷲塚さんも、子供たちを前に俄然《がぜん》張り切り、説明をしていく。

「じゃあ、卵と牛乳で作るバージョンからいってみようか。ボールの中に粉の袋を一つと、卵一個、あとはカップ半分の牛乳を入れて混ぜてくれるかな」

「はーい」

だが、ここで第二の悲劇が士郎を襲った。

「あ。殻《から》が」

「え？　士郎くん、失敗しちゃったの？」

「士郎くん、卵割れないの？　なんでもできるんじゃないの？」

きららちゃんと樹季が不思議そうに聞いた。

「ちょっと力を入れ過ぎただけだよ。次はちゃんと――――あ」

二度目も失敗した。殻が砕けて、黄味も潰れた。

士郎は、自分でもどうして上手くできないのか、わかっていない顔つきだった。

ボールに落した殻入り卵を見ながら、かなり唖然としている。

『そういえば、士郎にはやらせたことがなかったんだ』

俺は、家庭科の調理実習が五年生からだったことを思い出した。

そして、樹季は興味本位でやりたがったときがあるので、やらせるうちに覚えた。

きららちゃんに関しても、それは同じだ。うちに来るたびに「お手伝いする」って言ってくれたから、一緒にやってもらううちに綺麗に卵が割れるようになった。

今では大人が付き添えば、目玉焼きも作れる。この辺りは、好奇心や熱心さが違うので覚えも早い。

同じ年でも、武蔵とは比べ物にならない。武蔵はまだまだ「作ってー」「美味しいー」が専門で、七生と一緒だ。

今日も多分、ボールに具材を入れてを混ぜられるところまでいけば上出来だろう。

ただ俺は――――、

「あれ？　ホットプレートがつかない」

「僕が見ようか。父さん」

「あ、ごめん。頼むよ、士郎」

「双葉兄さん。ドライバーセットを持ってきてくれる？」

「ほーい」

これまで当たり前すぎて見落としていたが、こういう展開が多いから士郎は卵が割れないんだと気がついた。

『いや、そこは逆に小四の出番じゃないだろう？』

小さいころから士郎の興味や好奇心が理系というか、大人びていたからかもしれないが、意気揚々《ようよう》とホットプレートのチェックをしているのを見ると、俺としては複雑な気持ちになった。

そういえば、いつの頃からかこんな調子で、我が家の家電不調は士郎任せだった。

士郎が自分用に持っているノートパソコンにしても、実は父さんが使い壊した年季の入ったものを、自分で直して高スペックに改造したものだ。

俺から充功がリビングで使用しているデスクトップパソコンなんかも、同じように直されたもので、もう！　士郎様々だ。

それだけに、この卵事件は衝撃的だった。

「天は二物《にぶつ》を与えないってことか」

充功がビデオの位置を調整しながら、鬼の首をとったような顔で呟いた。

「顔と頭と性格がいい段階で、人生勝ち組だと思うけど。ねぇ、鷹崎部長」

「まあね」

すぐさま鷲塚さんや鷹崎部長に笑われて、ちょっとふて腐れた。

だが、こんなことで盛り上がってしまうほど、俺たち家族にとって士郎は〝何でもできる子〟だった。普段からやらないことでも、当然できるだろうと思い込んでしまっていたってことだ。

『目から鱗《うろこ》って、こういうことなのかもな』

俺は、恥ずかしそうにしながら、ホットプレートに意識を向ける士郎が、これまで以上に愛《いと》おしかった。

士郎には悪いけど、俺でもまだ教えられることがあるってわかっただけで、嬉しくなったからだ。

とはいえ――――。

「うわっ！　袋切ったら、粉がこぼれちゃった。ごめんなさい」

ちょっと士郎に気をとられているうちに、キッチンでは樹季がやらかしていた。

「いっちゃん、お粉《こな》飛ばし過ぎだよ。牛乳入れるよ」

「あ！　駄目だよ、武蔵。それじゃあ牛乳が多いって」

こうしてみると、やっぱりきららちゃんが一番しっかりしていた。

小さくても十分すぎるぐらい〝ママ役〟だ。

「平気平気。粉を足したらいいんだろう」

「だから武蔵、粉も入れすぎだって！」

「なら、もう一個卵入れようか？」

「それも入れ過ぎだよ、樹季くん」

「じゃあ、また粉」

「ボールから溢れるってば、武蔵っっっ」

大人は最初の分量説明以外に口を出さないに徹したら、ホットケーキ作りの実験は徐々にえらいことになっていった。

何かあればすぐにチャチャを入れる充功が呆気《あっけ》にとられるって、よほどのことだ。

「あれ？　寧兄。ボールから溢れそうになっていた生地《きじ》が、いつの間にか半分になってるんだけど？」

「混ぜた勢いで、ボールからこぼれたんじゃないか？」

奇怪というか、不思議な現象も多々起こっていた。

それでも、どうにか生地の完成までたどり着いた？

「できた！　武蔵、ボール押さえてて。僕、お玉でカップに入れるから」

「うん、いっちゃん。あ！　手がすべった」

一瞬にして、生地が消えた。

「大変！　生地が――――これじゃレンジでチンできないよ」

「拾ってチンじゃだめか？」

「駄目に決まってるでしょう。武蔵の馬鹿ぁっ」

半生の心配をする以前に、もとの生地からしてこの状態になった。

鷲塚さんどころか、俺たちの想像さえはるかに超えたところへ、チビッコたちのホットケーキ作りは進んでいく。

しかもそこへ、しびれを切らしたのか、七生が乱入した。

「ふへへ。ぷにゅっぷにゅっ」

「あーっっっ、落したのに触っちゃだめだよ、七くんっ。早く、お手てふかないと、ベトベトになっちゃうよ」

「ふきふき?」

「きゃーっっっっ!!　エンジェルちゃんのエプロンでふいちゃだめよ」

「きっちゃも?」

「やーめーてーっっっ。きららのエプロンドレスに触っちゃだめぇっっっ」

「洗えばいいじゃん。ほれっ」

「ひぃぃぃぃいっ!!　きららの白ネコちゃんが、エプロンドレスが!!　武蔵の馬鹿っっっ!!」

「うわっっ!!　投げるなよ!　ひとちゃんっ、ドロドロっっっ」

さすがにこのままでは、きららちゃんが可哀想すぎる。

変なトラウマになりかねないことを危惧《きぐ》した俺たちは、急いでキッチンへ止めに入った。

「あーんっっっ。ごめんなさいっっっ。ホットケーキがっっっ」

「頭からドロドロだよぉっ」

「大丈夫だよ、樹季。武蔵は父さんとお風呂場に行こう」

「ウリエル様っ、エプロンがっっっ」

「きららちゃん、落ち着いて。双葉、充功、士郎。ここを片づけるの手伝って」

「了解！」

「あーあーあー。すげえな、これ。シンクの縁も中もドロドロじゃん」

「僕、追加の雑巾《ぞうきん》持ってくる！」

こうなると、キッチンはカオスだ。

「ひっく。ひっく。エプロンっ」

特にきららちゃんは、怒り任せに武蔵が落したボールを投げつけたせいで、自分の両手も生地でベトベトになっていた。

一生懸命、エプロンについた汚れを落とそうと両手で払うも、ますます悲惨なことになっていく。

「落ちないよぉっ。にゃん子ちゃんのエプロンがっっっ」

「わかった。わかったから泣くなって。それより洗ってやるから、早く脱げ」

「ぱあぱあっっっ」

何が何やらで壮絶《そうぜつ》だ。

俺は、ひたすらこれ以上被害が広がらないよう、せっせと床の拭き掃除をしていく。

だが、そんな俺の鼻っ面《つら》に、見慣れたアヒル尻。

「カメたん♪　カメたん♪　カメたんたんたん♪」

騒ぎを大きくした自覚はあるんだろうか？

シンクの縁に掴まりながら、左右にフリフリしている七生のお尻を、俺はポンとたたいた。

「七生。先に手を洗って、片付けるの手伝いなさい」

「あーい」

振り向いた七生が、両手に着いた生地をペロってした。

「こらっ！　生地は舐めちゃ駄目だって」

「ひっちゃも、ペッ。えへっ」

俺も口にというか、顔に付けられた。七生のエプロンのエンジェルちゃんも生地まみれだが、それに匹敵するベッタリ具合だ。

「七生っっっ」

「きゃーっっっ。はっははははっ」

　この状況が、楽しくて楽しくて仕方がないらしい。七生は大はしゃぎで逃げて行った。

「こらっ！　せめて手を洗ってから行け――――っ!!」

　だが、ここまでくると、俺も笑うしかない。七生を追って立ち上がった瞬間、片付け途中の生地を踏んでしまった。

「あーあ。ほら寧兄、椅子とタオル」

「ありがとう。双葉」

　俺は双葉にフォローされて、足と顔に付いた生地を拭いた。

「それにしても、すげえな。今年度最大級の面白映像が撮れたぞ」

「そうだろうね」

　充功に自分のこれも含めて全部撮られたのかと思うと、これもいい思い出だと開き直るしかない。

「それにしても鷲塚さん、大丈夫かな？」

「――――駄目そうじゃね」

　何にしても、想像外のハプニングだった。

　鷲塚さんはあまりの結果に、その場にへたり込んで、今にも泣きそうだった。

「さ、焼き上がったところから食べていって」

「はーい」

結局お昼予定のホットケーキ生地は、俺が作り直した。

リビングにホットプレート二つを出して、大量焼き。みんなで食べ始めると、どうにか落ち着きを見せる。

「武蔵。これ食べたら、子犬見に行くんだよね？」

「そうだよ。すっごく可愛いぞ。早く食べて行こう」

「うん。きらら、楽しみ！」

チビッコたちはこの段階で、すでにケロッとしていた。

焼いている間に撮っていたビデオを見たものだから、お腹が空《す》いたのも忘れて大爆笑だった。

きららちゃんと武蔵も仲直りしていたし、エプロンもすぐに洗ったので無事だった。

しかし、そんな中で正座をして肩を落としたままなのが鷲塚さんだ。

「今日はいろいろ参考になりました。ありがとうございました。そして、俺が世の中を舐めきってたってことが、いやってほどわかりました。うん。目が覚めました。子供が自分で簡単になんて、所詮《しょせん》は独身男の妄想でした。――――はぁっ」

エプロン姿の子供たちが満面の笑みで作り始めたら、誰もこの結果は想像しないだろう。

気合いとカッコだけは一人前以上だったから、余計に反動も大きくてショックなようだ。

「まあまあ。これで子供たちだけで作れるものができたら、逆に大ヒット間違いなしだから」

「千里《せんり》の道も一歩からってことで」

鷹崎部長と父さんが慰める。

「うっっっ」

これでこのあと、子犬を見に行くというもう一つのイベントがなかったら、立ち直りがきかなかったかもしれない。

それぐらい鷲塚さんは凹《へこ》んでしまった。

大人なら大したことのない作業が、子供にとっては一大事。

それをしみじみと痛感しつつ、今後の開発に意欲を…と言いたいところだが、さすがに今日は無理そうだった。

昼食を終えると、俺たちはエリザベスも連れて隣町へ向かった。

エルマーちゃんと子犬たちがいる隼坂宅も、閑静《かんせい》な住宅街の一角に建つ庭付きの一戸建てだ。近所から犬の鳴き声が聞こえて、エリザベスが返事をするように吠えていた。

もしかしたら、「おめでとう!」とか言われてるのかな?

そんな想像をするだけで、微笑ましくなってくる昼下がりだ。

「いらっしゃい」

「さ、入って入って」

休日だというのに、隼坂さんたちも満面の笑みで迎えてくれた。

エルマーちゃんと子犬たちがいるリビングからの続き部屋に案内されると、チビッコたちは大興奮。特に、初めてここへ来たきららちゃんの歓喜はすごい。前もって「子犬たちがびっくりするから小さな声でね」って約束を守りつつも、全身で感激を表していた。

「うわぁっ、可愛い。武蔵、ワンちゃん小さくてモコモコしてるよぉ」

「うん! 生まれたときよりモコモコしてる」

「かーいー。なっちゃのえっちゃよー」

「うんうん。可愛いね、七くんの弟だもんね」

子犬たちの体重は、まだ600gから700gの間ぐらいだった。

生まれてすぐに七生が抱っこさせてもらった長男にのみ、「エイト」という名前がついている。

これからしばらくはエルマーちゃんに育児をしてもらうことになるが、それでも年内にはエリザベスの元へ来て、父子一緒に暮らす予定だ。

当然俺たち家族も、飼い主である老夫婦のお手伝いに名乗りを上げているから、今からすごく楽しみだ。何だかエリザベスが隣に来たときのことを思い出す。

「さ、エリザベスも入って」

「バウッ」

産後のエルマーちゃんが落ち着くのが早かったので、今日は父親であるエリザベスもようやく対面だ。呼ばれると喜んでリビングから入ってくる。

「くぉ〜ん」

「くんくん」

エリザベスは出産した奥さんを労《ねぎら》っているのだろうか？

真っ先に横たわるエルマーちゃんの傍へ向かった。

「〝よく頑張ったな。エルマー〟〝ベス！　あなたの子よ。可愛いでしょう〟とか、やってるのかな？」

顔を舐め合う二匹を見て、俺と似たようなことを考えていた鷲塚さんが可笑《おか》しい。

しかも、子犬六匹がモソモソしている親二匹の傍に身を屈《かが》めると、何を思ったのか寝転んだ。

「くう～ん」

――どうした？

と、聞かんばかりにエリザベスが鷲塚さんの顔を覗き込む。

すると、気配を感じた子犬たちがエリザベスに、そして鷲塚さんに近づき、お腹や顔をよじ登り始めた。

極上に軟らかい肉球でふにふにされて、鷲塚さんがデレッとなる。

「うおっっっ。やめろぉっ。くすぐったいよぉ。こいつ一匹、ほしいな～」

こんなに幸せそうな鷲塚さんを、俺は入社以来初めて見た。どうやらホットケーキの傷は癒えたようだ。

鷲塚さんは子犬たちに顔中をベロベロされたり、甘噛みされても嬉しそう。

「可愛いなぁ。でも、こいつ引き取って、マンション買ったら、もう一生独身間違いなさそうだよな～っ。食《く》うだろうしな――。でも、ほしいな～。あーっっっ、どうしたらいいんだ？　エリザベス！」

「バウ!?」

　このまま本当に一匹ぐらい連れ帰ってしまいそうな鷲塚さんに警戒したのか、エリザベスが子犬を咥《くわ》えて、いそいそとエルマーちゃんのところに移し始めた。

「連れていくなよ、エリザベス。今だけだろう」

「バウッ」

　なんだか、鷲塚さんたちのやり取りが成立していて、これはこれで可笑しい。

　だが、こんな状況でチビッコたちが黙っているはずもなく――――。

「あー。鷲塚さん、ずるぃ～。僕もゴロンするぅ」

「俺もー」

「私もー」

「なっちゃもーっ」

　樹季と武蔵ときららちゃんと七生は、子犬たちを囲うようにして、その場に寝そべった。

　あくまでも待ちの姿勢で、子犬たちから近寄ってくるのを待っているので、エリザベスやエルマーちゃんも「しょうがないな」という感じだ。

　そして子犬たちが、勝手気ままにあちらこちらへ乗っていく。

「くすぐったぁい」

さすがにこれ以上はと思い遠慮したけど、実は士郎や充功も我慢したんじゃないのかな？

見ているだけで至福になれる光景だ。俺も一緒にゴロンとしたくなる。

「ひぁっ～っっっ」

「ふにふにぃ」

「やわらかぁい」

――――あ、堪《こら》え切れずにしゃがみこんだ！

二人して、ジリジリと寝そべる体勢に入ってる!!

やっぱりチビッコたち同様、モフモフまみれになりたかったみたいだ。

「同じ日に予定を組んでよかったですね」

「まったくだな」

その場で立っていたのは、俺と鷹崎部長だけだった。

父さんと双葉は、隼坂親子と話し中だ。

「そういえば、隼坂さんのところは、もう修学旅行の準備は整いましたか？」

「まだまだです。本人も忘れてるんじゃないかってぐらい、何もしてませんね」

父さんたちの話し声に惹かれて、俺と部長はなんとなくリビングへ出た。

「修学旅行か。そんな時期なんだな。それで、双葉くんたちはどこへ？」

「沖縄に三泊四日です」

「沖縄か」

「海外って話もあったみたいなんですけどね」

父親たちはダイニングでコーヒーを飲んでいた。

話題に上った双葉と隼坂くんは、どうやら庭に出ていたようだ。

――二人きりで話なんて、なんか進展してるのか!?

俺と部長はそろって小姑《こじゅうと》根性にかられて、様子を見にいった。

俺から双葉の揺れ惑う恋心（かどうかは、まだあやしいけど）の話を聞いてから、部長も実は気にしていたらしい。

すっかり子犬に夢中な鷲塚さんのほうにも、それとなく気にかけている。

だが、当の本人たちといえば、恋愛どころか目前に迫った修学旅行の話さえしていなかった。

「へー。東都《とうと》大学に獣医学科なんてあったんだ」

「あそこは医学部医学科が最強だけど、実は医療関係全般に強い大学なんだ。けっこう前に、看護科もできてるしね」

「ふーん。じゃあ、第一志望は東都？」

「もしくは、同等の国立かな」

当然といえば当然なのかもしれないが、大学受験について話していた。

将来獣医になりたいという明確な希望を持っている隼坂くん。幼いころから、そのために勉強してきたと、俺も双葉経由で聞いていた。

ただ、それだけに俺は、近いうちに双葉の気持ちを確認しなきゃと思っていた。

双葉がこの先どうしたいのか――――進路をどう考えているのかを。

「うわっ。ってことは、国立私立共に東大狙いか？　両方受かったら、校長や担任が泣きながら労ってくれそうだな」

「そう上手くはいかないよ。で、兎田は？」

「俺？」

俺は思わず聞き耳を立てた。このときばかりは、傍にいた部長のことさえそっちのけだ。

「どこって聞いたらまずい？」

「いや。これから就職情報をチェックするだけだから」

「!?」

双葉はさらりと答えていた。

隼坂くんはかなり驚いていた。というよりも、戸惑っている感じかな？

俺と一緒で――――。

「寧兄が粉屋だからな。俺は肉か魚関係で探すかな」

ただ、笑いながらそう言った双葉が、ふっと隼坂くんから視線を逸《そ》らした。

一瞬のことだが、俺はそこに双葉の本心、本当の答えがあったような気がした。

「冗談に聞こえないところがすごいな。でも、そうしたら公務員は視野に入れてないのか？　兎田なら何を受けても楽勝だろう。全国統一も内申《ないしん》も僕とそう変わらないよな？」

「いや。それだけはないな。俺も家族が最優先だから」

「家族最優先？」

その後も二人の話は続いた。

隼坂くんは双葉が何か言うたびに、驚き戸惑う顔を素直に見せた。

「そう。寧兄が進路を決めるときに、やっぱり先生たちから公務員を勧められたんだよ。いろんな手当てもあるし、家事や育児の手伝いをするにも、地元か近場《ちかば》勤務の公務員を目指すのが一番いいって。働きながら通信で大学って手もあるし、そしたら時間はかかってもスキルアップもできるからってさ。でも、寧兄は一生身を粉《こ》にして働くなら食うに困らない食べ物屋。自分は家族第一だから、国や国民が最優先の公務職はあり得ないって笑ったんだ。だから、それもそうだなと思って」

とはいえ、ここでいきなり自分の話を出されて、ドキリとした。

俺は、覗き見してるのがバレてるのかと、かえってビクビクだ。

「え？」

「ん？　なんかおかしいこと言った？」

「いや。そういう選択の基準もあるのかって、驚いただけ。でも、公務員になる限りは公務最優先って、兎田のお兄さんらしいね」

「だろう。まあ、だからって、いざって時に会社員が会社を放り出していいとは思ってないよ。寧兄だって、よっぽどの危機が家族に迫らない限り、仕事や職場を放り出すことなんてしないと思う。ようは、寧兄が真面目すぎるんだろうな。でも、俺はそういう寧兄が好きだし、尊敬してるから」

一片《いっぺん》の曇りもない笑顔を浮かべた双葉を目にし、俺は一瞬にして目頭が熱くなった。

嬉し涙が溢れそう。で、止まったらよかったのに、ぽろっと流れ落ちた。

『双葉』

こんなの不意打ちもいいところだ。かえってどうしていいのかわからない。

すると、俺の心情を察しただろう鷹崎部長が、ジャケットの内ポケットからハンカチを出して拭《ぬぐ》ってくれた。

二回に一度は間違えるらしい部長が手にした白いハンカチは、にゃんにゃんエンジェルズのワンポイントのアップリケ付き。お兄さん夫婦の忘れ形見《がたみ》、きららちゃんのものだ。

「羨《うらや》ましい限りだな。俺ももっと兄貴自慢をしておくんだった」

何げない言葉の奥にある思いは深い。

俺は、ハンカチを借りて涙を拭うと、部長の肩に寄り添った。

「いつでも自慢してください。どんとこいです」

「そうか」

部長の手に自分の手を絡めて、キュッと握った。

部長も握り返してくれて、心も身体も温かい。

それだけならいいが、場もわきまえずに抱きしめてほしくなるのが、今の俺の悩みどころだ。

――――キスもしたいな。とか。

でも、自宅内ならともかく、ここは隼坂家だ。それは部長もわかっていたから、すぐに手を離した。

名残惜しげにだったことがまた嬉しい。

「まあ、兎田なら何を目指しても希望通りにはいくと思うよ。そもそも生徒会と家事はともかく、育児とバイトのない僕が兎田と成績がそんなに変わらないってところで、猛烈に反省中だ。自分で口にしてみるまで、頭にもなかったけど。これって僕の努力不足もあるけど、やっぱり兎田がすごいんだよな。あの多忙な生活で、学年上位から落ちたことないんだもんな」

「週に最低四日。弟たちの勉強を見てたら、誰でも基礎だけは身に付くよ。たとえ現役時代にわからなかった問題でも、三年後か六年後、最悪九年後に見直したら大概《たいがい》わかる。でも、それがわかると、今わからないところが不思議とわかるようになったりして、そういうのが面白い。だからうちは、年と共に成績が上がるというミラクルが起こる」

勝手に聞き耳を立てて、一喜《いっき》一憂《いちゆう》した俺たちを余所《よそ》に、隼坂くんと双葉の話は続いていた。

「三年、六年、九年後か。高校を出るまでに、中学までの十二年分を何度も弟たちとやり直すって考えたら、確かに基礎学力は万全《ばんぜん》だね」

「それでも士郎には負けるけどな」

「僕が知る限り、士郎くんに勝てるのは七生くんだけじゃない？」

「それは言える！」

結局ここでも話のオチはそれなのか!?

士郎や七生なのかって流れになっていたが、それがかえって俺と部長にはツボだった。

どちらからともなく、クスってしてしまう。

「あ、でも卵割りなら勝てる」

「卵割り？」

「そ。まあ、それでも三日天下《みっかでんか》かもしれない――――寧兄。鷹崎さんも、出てきたの？」

二人で受けて笑ってしまったせいで、俺たちは双葉たちに見つかった。

「う、うん。素敵な庭だねって思って」

「もしかして、ちょっとしたドッグランになってる？　犬たちが庭から家を一回りできるようにしてあるのかな？」

咄嗟にごまかしにかかった俺のフォローをした鷹崎部長の機転は、やっぱり絶大なものだった。

聞かれた隼坂くんは、「そうなんですよ！　実はここから…」と、嬉しそうな顔で説明してくれた。

賑やかながらも充実した一日が終わった。

隼坂さんのお宅から戻ると、部長ときららちゃんと鷲塚さん、そして今夜はエリザベスとお隣の老夫婦も招いた大人数での夕食会をした。

食事の内容は、特に普段と変わることはない。

ただ、みんなで一緒にお腹いっぱい食べて笑い合うだけで幸せな気分になれるから、やっぱり食事っていいなと思う。大事だなって実感する。

〝ああ、この子。うちの粉もん食うて、ここまで育ったんやな思えて。なんや、嬉しいやろう〟

改めて支社長の言葉が身に染みる。俺の仕事は、食卓を通して人々の心を豊かにできるんだって誇らしさから、胸が熱くなる。

そうしてみんなが帰宅し、あとは就寝を待つだけとなった時間。俺はこれから仕事をする父さんに代わって、チビッコたちを寝かしつけた。

「士郎、ちょっと」

その足でキッチンに入り、ダイニングテーブルでノートパソコンを弄っていた士郎に声をかける。

「何？」

「朝食の準備しておくから、これ割っといて」

調理台に卵パック二つ、シンクに一番大きなボールを出した。

「僕？」

「そう。卵焼きを作っておくから、これ全部頼むね」

「え、でも」

こんな時間にお手伝いなんて頼んだことがなかったから、士郎は驚いていた。

上手くできないとわかっていて名指しにされたことにも、戸惑っている。

なので、俺はすかさず粉ふるいを出した。

「平気だよ。殻が入っても網でこせばいいだけだから。俺、洗濯ものを畳んでくるからさ」

「ん。わかった」

「あ、なんならしばらく手伝ってくれたら、嬉しいかも」

「――――了解。ありがとう、寧兄さん」

士郎はすぐに俺の意図を察した。たとえ今夜できなくても、明日も明後日も練習できるとわかって、ちょっと安心したのかな？

真剣な表情で卵を手にすると、コンコン――――グシャ。

コンコン――――バリッ。

コツを掴むまで何パックかかるかなって感じだったが、俺は気にせずキッチンを出た。

リビングのソファに積んでおいた洗濯物を畳み始める。

「やっぱり三日天下かな。寧兄のことだから、やらせると思ったんだ」

お風呂から上がってきた双葉が、俺の隣に座った。一緒に洗濯物を畳み始めた。

キッチンで奮闘《ふんとう》する士郎を気にしながら、双葉はにゃんにゃんのエプロンを手に取った。

鷲塚さんの膝を折ったハプニングも、過ぎてしまえば笑い話だ。これから先は、楽しいだけの思い出だ。

「俺も双葉も充功もやった。父さんもやったらしいからね」

「我が家の方針は、習うより慣れろだもんね」

ふと、示し合わせたように俺と双葉の視線が仏壇に置かれた遺影《いえい》に向けられた。

〝わーんっ、ごめんなさい。また失敗しちゃったよぉっ〟

〝あー、もー、泣かないの。卵の殻なんて、網でこせば取れるんだから、気にしない気にしない〟

双葉も似たようなことを思い出してるのかな?

俺や双葉がチャレンジしたのは、小学校の一年生くらいのときだ。

ボールに割った卵の中に殻が入ると、母さんはそのまま箸で混ぜて網でこさせた。

俺には箸で殻を摘まみ取れるような器用さがまだなかったし、これが一番手っ取り早くて簡単だったからだ。

〝ね、取れてるでしょう〟

〝うん！〟

今思うと母さんは、子供に上手くできないことがあったら、あえて同じことを好きなだけやらせてみることで、やり方を身に付けるように持っていく人だった。

できないからやらせないではなく、できないからこそやらせる。

それでもなかなか上手くいかない場合は、どうすれば失敗を補《おぎな》えるかだけを教えて、あとは自習――――結果を待つだけだ。

見た目は勝ち気で短気で喧嘩っ早そうなんだけど、実際はかなり気が長かった。

〝じゃ、残り全部やっといてね。今夜はみんなが好きな甘い卵焼き、いっぱい作ろうね〟

〝はーい！〟

俺はこのとき、まだ料理っぽいことはしたことがなかったので、〝できなくても当たり前〟だと思われていたらしい。それでも俺の「やれるまでやりたい」を尊重して、母さんは毎日二十個近くの卵を割らせてくれた。

当時は充功がまだ一歳という五人家族だったことを考えると、かなりの数だ。

割った卵の大半が薄焼き卵とクレープになって冷凍ストックされていたし、それとは別に毎日卵料理も続いたけど、三日目には綺麗に割れるようになって、すごく嬉しかった。

あのときのことは、今でも鮮明に思い出せる。

〝できた！　綺麗に割れたよ、お母さん。お父さん。双葉ぁ。充功ぅ〟

何とも言えない達成感があって、大はしゃぎした。

〝すごいじゃない、寧。これから卵かけごはんは、寧に作ってもらおうかな〟

〝わっ！　父さんより上手くなるの早いよ!!　寧、天才！〟

〝兄ちゃ、すごーい!!　みつ、ふたの兄ちゃすごいぞ！〟

〝ちゃーっ〟

両親も双葉たちも家族馬鹿全開で喜んでくれて、俺はそれもすごく嬉しかった。

その後、上手くいかないことがあっても、回を重ねたらできるかもしれないと思えるようになったのは、あのときの失敗と成功があってこそだ。

そして、そんな感動は自然と弟たちにも受け継がれていった。

どちらかといえば、誰より好奇心旺盛な士郎が俺たちと違い、家事の真似事をしたがらなかったのは興味の対象が違っていたからだろう。同じお手伝いでも、理系的で高度なお手伝いが多かったから、俺たちもそっちに目を奪われて気にしていなかったんだ。

けど、だからこそキッチンから聞こえてくる〝コンコン・グシャ〟が俺にとっては、微笑ましかった。

かなりスローペースで割られているから、いろいろ考えながらやってるんだろう。

「でも、こんなに必死な士郎が見られるのは、今だけかもな」

俺は双葉と一緒に、キッチンを気にしながら、洗濯物の山を減らしていった。

「うん。貴重だね。今週は卵の特売に目を光らせておかないと。確か、みかん堂の広告に入ってたよね？　また家族総出で行かないと」

「そうだな。――――卵焼きの味変えに、スクランブルエッグ。卵とじに茶わん蒸しに卵サンド。まあ、しばらく続いても問題ないよ」

メンズ服なら全サイズあるんじゃないかと思うような大小の洗濯物を畳みながら、卵のメニューを口にした。

俺や父さんが練習したときに比べたら、あっという間に食べ尽くしそうだ。

で、なんとなくいい雰囲気だったので、それとなく切り出してみた。

「あ、そうだ双葉。三者面談って来月だよな？　大学の目途《めど》はついたのか？」

「え？　何、言ってるんだよ。就職するに決まってるじゃないか」

双葉はかなり慌てていた。

今日の今日でこんな話をしたら、立ち聞きしていたことがバレるかな？

でも、こういった〝なんとなく〟っていう静かな時間が、うちには少ない。特に双葉と俺が自然に二人きりになることなんて、ほとんどないに等《ひと》しいから、やっぱり聞くなら今しかなかった。

「決まってないよ。第一、それって誰が決めたんだよ」

「寧兄？」

「俺はさ。今、自分が目指したところにちゃんと行くことができてるから、双葉たちにもそうあってほしい。それが大学なら、まずは迷わず目指してほしいんだ」

メールではすませたくない話だった。

父さんを交えて話す前に、二人で話してみたかった。

それを察したのかな？

たまたまスマートフォンを片手に傍まで来ていた充功が、聞かなかったふりして後ずさった。

俺は、そんな充功にもあえて聞こえるように、はっきり言った。

「だから、進路に関しては、絶対に変な気遣いや遠慮だけはするな。これは双葉だけのためじゃない。あとに控《ひか》えている弟たちのためでもあるから、そのつもりでさ」

「うん」

双葉に「自分のために」と言ったところで通じない。

けど、「これは弟たちの将来にも関わる選択だ」と言えば、今よりは前向きに考えるだろう。まだ先のこととはいえ、充功にしてもそれは同じはずだ。

『――――とはいえ。俺のどんぶり勘定《かんじょう》じゃ細かいところまではわからないからな。一度父さんと一緒に家計を見直さなきゃな』

俺は話を終えると、たまたま手にした七生の服を目の前に広げてみた。

「いつの間にか大きくなったな。七生も」

「そうだね。ちょっと前までハイハイしてたのに」

そうしてしみじみ話していると、

「よし！　完璧にマスターした。これで卵の構造力学と破壊力学の関係も理解できた！」

キッチンから突然、士郎の弾《はず》んだ声が聞こえてきた。

「え？　構造…力学？」

「破壊力学との関係？」

俺と双葉は顔を見合わせて困惑した。

ただ卵を割る。殻が混じらないように、綺麗に割るという日常的な作業の中に、どうやら士郎のツボを擽《くすぐ》る物理学が存在したようだ。

まあ、士郎に言わせると「すべてのものが分子からなる」わけだから、上手く割れなかった理由を手先の器用さの問題ではなく、物理学的に求めていたのかもしれない。

けど、こんな調子で来年の家庭科（調理実習）の授業は大丈夫だろうか？

それ以前に理科の実験とか、どうしてるんだ？　ちゃんと普通にやれてるのか⁉

士郎は聞かれもしないうんちくを語るタイプではないけど、今度担任の先生に聞いてみようかな。

「これで、〝生卵の黄味と白身を箸で分けました。それぞれにかかる撃力の証明をしてみよ〟って言ったら、どんな方程式が出てくるんだろうな」

「双葉。冗談でも言うなよ。士郎は本気で科学的な式と値《あたい》を出してくる」

「内部構造から説明されたりして。くくく」

結局、士郎の卵割り特訓は、卵十二個にて終了した。

双葉の言うところの「三日天下」さえ、士郎は俺たちに与えなかった。

7

日々忙しいというだけで、大きな事故も事件もなく過ごせることは、とても幸せなことだ。はたから見たら些細なことが一大事に思えるのも、どれだけ普段平穏に過ごせているかの証《あかし》だろう。母の死は別として、最近ＣＭ騒動があっただけに、俺は忙しいだけの日常生活の有難《ありがた》みを実感していた。

みんなが元気で笑っていて、ご飯《はん》が美味しければそれでいい。

たとえ獅子倉部長に「所帯臭いなぁ」と言われても、今なら胸を張って「おかげさまで」と笑って返せるだろう。

いや、こんなことを考えている時点で、相当根に持っているかもしれないが。

それでも俺は、平日仕事の合間に家族のスケジュールを見直し、年内行事の確認をしていた。

『えっと。これから小学校の運動会があって、その後は小・中が秋休み。下旬には双葉の修学旅行があって、それから武蔵の幼稚園はハロウィン？　年末バザーとかもあったよな？　お遊戯《ゆうぎ》発表会とクリスマス会って、けっこう立て続けになかったか？　いや待て。双葉の三者面談と小・中の授業参観も連鎖でくるよな？　あとあれだ。七生の予防接種っていつやるんだっけ？　エイトたちもこれから毎月何かしらの予防接種が続くよな？　これって手伝いに行ったほうがいいのかな？　――あ、そう言えば鷹崎部長にきららちゃんの園行事のことを、まだ確認してないや。聞いておいたほうがいいよな？　何か準備事があるかもしれないし、なければないで越したことはないんだから』

今も昼休みだが、会社の休憩ゾーンで持参したサンドイッチを食べながら、スマートフォン片手に奮闘中だ。

今日を乗り越えれば明日は土曜。振替休日になっている体育の日まで三連休だ。

周りの雑音も耳に入らないはずだった。

たった一つのキーワードを除いては――

「えー。鷹崎部長に内縁《ないえん》の妻はないでしょう。あってもせいぜい、新しい彼女ができたってぐらいじゃない？」

「だと思うんだけどぉ。あっちこっちで噂になってるのよ。それに、そう言われたら転勤当初に比べて、無精《ぶしょう》ひげでの出勤もなくなったじゃない？　そしたらやっぱり、家事・育児をフォローしてくれる〝内縁の妻〟説って、信憑性《しんぴょうせい》があるでしょう」

俺の耳は「鷹崎部長」のことだけは、何があっても聞き逃さなかった。

しかも、これって一難《いちなん》去ってまた一難!?

背後のテーブル席から、聞き捨てならない噂話を耳にし、俺は思わず席を立ちそうになる。

「実はそれって、兎田くんが頑張ってるだけだったりして」

しかし、いきなり名指しにされて身を固くした。席を立つどころか、完全に他人のふりで、スマートフォンしか見てないし、気にしていないを徹底する。

でも、聴覚だけはいつにも増して、研《と》ぎ澄ませているんだけど。

「いくらなんでも限界があるでしょう。たまに預かる程度じゃない？」

「そうだよ。彼、頭数だけで言ったら三人の子持ちよ。その上、上司と娘のフォローまで完璧になんて、できるはずがないじゃない。どんな超人よ」

――――そうだよな。

まさか俺だけでなく、家族が一丸となってフォローしてるなんて、誰も思わないよな。

ましてや部長ときららちゃんがほぼ毎週末家に来て寝泊まりし、なおかつ一緒にお惣菜《そうざい》の作り置きしてるなんて知ったら…。

いや、それでもきっと、みんなは俺と部長が交際してるなんて思わないんだろう。「それはそれで兎田くん家らしいわー。さすがはウエルカム一家！」って言われて、終わる気がする。

案の定、背後の席の女性たちも口をそろえて「それはないか」って笑っていた。

これはこれでありがたいけど、でも〝恋愛対象外〟感が半端《はんぱ》ないのが、なんとなく悔《くや》しい。それが世間から見た鷹崎部長と俺なんだって突きつけられると、「所帯臭い」って言われるよりも切ない気がする。

「それもそうか。ああ――私、兎田くんをお婿《むこ》さんにほしいなぁ。家事に育児が万能なキラキラ美青年なんて、きっとこの先死ぬまで見ることないって自信あるわ～」

俺の凹《へこ》みなんか知らない彼女たちは、さらに続きの話で盛り上がった。

「兎田くんは兎田くんで、学生時代から付き合ってる彼女がいるみたいよ」

「はっ!? 何それ！　そのデマだけは許さないわよ！　私のキラキラ大家族への嫁入り計画が！　七生ちゃんたちに甥っ子という三つ子の弟を生んであげる夢を見たのに！」

「三つ子…妄想すごすぎ」

「でもさ、そんな夢なら夢でもいいから私も見てみたいわ。だって想像しただけで…、だめっ!!　この蜜は甘すぎるわ、帰ってこられなくなる！」

どんな妄想や想像をされたんだろうか？

三つ子ってところが、すでに俺の新婚さん妄想を越えてないか？

逆に怖くて想像がつかない。

あ、でもこれって、七生が三人とかってイメージに近いのかな？

〝ひっちゃーっ〟

〝まんまちーたーっ〟

〝すーよー、すーよーっ〟

駄目だ――――こんなの可愛い過ぎて、俺は家から出られなくなっちゃうよっ！

「安心しなさい。飲んだら塩水間違いないから。何せこの彼女説、出元は鷹崎部長よ。ガチよ。でも、驚くことではないわよね。むしろ当然って感じ」

勝手な想像でニタニタしてると、再び女性たちから鷹崎部長の名前が出た。

そう。この〝彼女説〟は俺も鷹崎部長本人から聞いていた。鷹崎部長が、俺に告白したいと相談してきた女性を敬遠《けいえん》するために嘘をついたんだ。

それがいつの間にか実話化されて、広まっているようだ。

「学生時代に会ってたら、そりゃアタックするわよね。さすがに高卒入社の未成年に、四捨五入三十の女が真剣にアタックするのは躊躇《ためら》っても」

「悪女どころか魔女の域よね」

「そう。そうなのよ。せめて彼が大卒入社なら射程距離だったのに」

「いや、だから。彼には学生時代からの彼女が現役でいるんでしょう。どう足掻《あが》いても無理じゃない」

「まさか相手が女教師だったらどうしよう」

「え!? それって食われちゃったってこと!」

この分じゃ、今後どんな話というか、展開にされるかわかったもんじゃないな――

なんて溜息をついていると、急に肩を叩かれた。

「兎田くん」

「はい!」

俺は条件反射からか勢いよく返事をした。

スマートフォンから顔を上げたら、声をかけてきたのは獅子倉部長だった。

この瞬間、俺の背後では女性たちが一瞬フリーズした。

そして次の瞬間にはいっせいに席を立ち、

「ご、ごちそうさまでしたー」

「お化粧直ししなきゃ～」

「私もぉぉぉ」

クモの子を散らしたように、いなくなってしまった。

それを見た獅子倉部長がクスッと笑う。

悔しいけど、どこをどう探しても所帯臭いところがない。獅子倉部長こそ、ドラマに出てきそうな独身貴族な二枚目上司だ。

彼の視線が俺のほうへ戻ってくる。

「忙しいのは承知の上で聞くんだけど、今夜、少しだけ時間をとれる？　カンザスに戻る前に、聞きたいことがあるんだ」

「俺にですか？」

「そう、鷹崎のことで。だから、できれば本人には内密で」

――――なんの話だろう。鷹崎部長には彼女がどうこうって聞かれるのかな？

それ以外の何かが俺には想像できなかったが、万が一別の話だったらと考えると、「無理です」とか「いやです」がすぐには出てこなかった。

それに獅子倉部長がカンザスに発《た》つのは、土曜日の午後と聞いている。ということは、今日で東京支社への出勤は最後ということだ。

「わかり…ました。少しでしたら、どうにか」

俺は躊躇いがちに承知した。

休日に会いたいと言われたわけではないし、今夜なら一、二時間もかからないだろう。最悪話が延びたとしても、終電を理由に切り上げられる。

「よかった。ありがとう。じゃあ、またあとで」

獅子倉部長は、安堵したように笑って、俺の前から立ち去った。

俺はいきなり入ったスケジュールを、スマートフォンに登録しようとしてハッとする。

「あ、今夜は父さんが打ち合わせで家を留守にするんだった」

冷静に対応したつもりだったが、気が動転していたのかもしれない。

自宅仕事が基本の父さんが家を空《あ》けるときは、お仲間さんたちとの特に重要な打ち合わせか、関係者との商談だ。

以前なら多少は参加していた飲み会があっても、母さんが亡くなってからは、まず行かない。お仲間さんたちもそこは気を遣ってくれて、大概《たいがい》のことならスカイプで済ませられるように手配してくれる。

今ではネット越しで会議や打ち上げもざらだ。

だが、だからこそ俺は、父さんが家から離れる時間を大事にしたかった。

たとえそれが仕事であっても、少しぐらい家族から離れる時間がなかったら大変だからだ。

俺でさえ会社に来ると「静かだな」なんてホッとする瞬間があるのに、父さんは常に七生と一緒だ。武蔵や樹季が帰宅したら、あっという間におやつの時間だ夕餉《ゆうげ》の支度だとなり、主夫モードに切り替わる。

本当に、いつ仕事してるんだろうってぐらい、父さんは家事も育児も我武者羅《がむしゃら》だ。

七生がやたらと俺にへばりつくのだって、日中いないからであって、取って返せば普段はあの調子で父さんに張り付いてるってことだ。

それでも七生が俺たち兄弟や鷹崎部長なんかにべったりしているのを見ると、やきもち焼くんだから、どれだけ子供が好きなんだろうって思う。

まあ、ここだけは「寧だって一緒だろう」って、笑われちゃうんだけどさ。

そんなこともあり、俺は急いで双葉にメールを打った。

今なら向こうも昼休みだ。スマートフォンの電源を入れている時間だ。

『――――大丈夫だよ。仕事の付き合いなんだから、ゆっくりして来なよ。充功や士郎もいるし、それに今夜はお隣さんがエリザベスを用心棒に寄越してくれるって言ってたじゃん。追伸。わざと終電を逃して、鷹崎さんのところに泊まってきちゃえ』

――――って。一言余計だよ。嬉しいけど恥ずかしいよ。

すぐに返事が来たので、俺は胸を撫で下ろした。

数時間程度なら双葉たちだけでも不安はないけど、エリザベスが来てくれるのはかなり心強い。番犬以上の働きをしてくれるし、何より七生はエリザベスがいればご機嫌で…って、頼りすぎかな？

「まあ、できるだけ早く切り上げるよう心がけよう」

その後、俺は一応父さんにもメールを入れてから、ランチタイムを終了した。

ちょっと帰宅が遅れるけど、本当にちょっとだから心配しないで。今夜ぐらいはゆっくり羽を伸ばして、仕事以外でものんびりしてきて…って。

そうしたら、父さんはまるっきり双葉と同じことを返してきた。

特に追伸部分が示し合わせたのかってくらいまったく同じで、俺は双葉に言われるよりも何万倍も恥ずかしかった。


いきなり獅子倉部長に誘われた俺にとって、もっとも胸が痛んだのは鷹崎部長に嘘をつくことだった。

いくら「内密に」と言われても、それを鵜呑《うの》みにするのはそうとう心苦しいことだ。俺はとても後ろめたい。

「部長。お先に失礼します」

「ああ、兎田。お疲れ」

「はい」

今夜の鷹崎部長は、急な仕事が入って残業になった。

本当なら、俺は部長の代わりに延長保育になったきららちゃんを迎えに行きたかった。

獅子倉部長の話を一時間聞くなら、きららちゃんと一緒に部長の帰りを待つとか、うちに連れて帰るとかしたかったのが本音だ。それもあって、余計に先に帰ることに罪悪感を覚えていたんだ。

しかも、部長には前もっていろんな話をしているから、今夜は父さんが仕事で留守だってことまで知らせていた。

そのため、俺がいつものように「代わりにお迎え…」って言い出せないのも、妙にテンションが下がっていたのも、それが理由だと思ったんだろう。

鷹崎部長は、俺が会社を出るころに、メールをくれた。

きららのことは気にしなくても大丈夫だから、気をつけて帰れよって。

俺は余計に胸が痛くなり、それと同じぐらい獅子倉部長には腹が立った。

八つ当たりだってことはわかっていたけど、ものすごく複雑な気分になっていた。

そして、それが表情《かお》に出てしまったんだろう。会社から離れた場所で待ち合わせをした俺を見るなり、獅子倉部長の顔がこわばった。

これまで艶やかな笑みしか浮かべていなかった彼が、はっきりと頬を引き攣《つ》らせた。

『あ、しまった…かな』

考えるまでもなく、相手は他支店・他部署とはいえ部長クラスの上司なのに大失敗だ。

最近の俺ときたら、鷹崎部長ときららちゃんのことが絡むと感情的だ。

獅子倉部長だって、もしかしたらきららちゃんを引き取った鷹崎部長のことが心配で、それで俺に様子を聞きたいってだけかもしれないのに――。

「ご、ごめんね急に。本当はもっと早くに声をかけたかったんだけど、今しか時間が取れなくて」

「いいえ」

「じゃあ、行こうか」

「はい」

それでも獅子倉部長は、俺に謝罪をしてから東京支社時代に行きつけにしていたという、オフィスビル街の地下にある居酒屋へ案内した。

そこは全テーブル席が漆喰《しっくい》の壁で仕切られた個室というか、子供の隠れ家がいっぱいあるような感じのお店で、よほど大騒ぎをしないかぎり隣のお客さんに会話が漏れることがない。

きっと鷹崎部長ともよく来たんだろうな――。

獅子倉部長は、二人掛けの奥側の席を俺に勧めてから、お品書《しなが》きを手にとった。

「何がいい？　今夜は俺が持つから、好きなものを頼んで。お酒は飲める？」

「いえ、ジュースでお願いします」

「そう」

俺は飲み物の指定だけして、あとは獅子倉部長に任せた。

獅子倉部長は店員さんを呼ぶと、ジュースとハイボールと旬《しゅん》のお任せ料理を数点オーダーしてから俺のほうへ向き直す。

すぐにでも要件を聞きたいのは山々だったが、ここは飲み物がきてからにした。

仕事後の挨拶と乾杯ぐらいは必要だよなと思って。

「それで、俺に聞きたいことってなんでしょうか？」

そうして形式的な挨拶と乾杯を済ませると、俺は話を切り出した。

すると、獅子倉部長は少し姿勢を改めて、

「いや、さ。俺はやっぱり鷹崎には女がいると思うんだけど、心当たりない？　誰に聞いても知らないって言うんだよな。前カノと別れたことは知ってるけど、そのあとのことはわからないって。でも、あいつが週末に俺の誘い断るときって、いつも女だったんだよ。今回なんか、限られた期日しかないっていうのに、ことごとくパスだったし。いないわけないんだけどな」

相変わらず軽い口調とノリでかましてくれた。

もしやという予感はあったが、やっぱりだった。日中、女性たちから聞いた噂の発端《ほったん》は獅子倉部長だ。

細《こま》やかながら、ちゃんと聞かなきゃって思った俺は、瞬時にプツンと切れた。

「その話でしたら、俺は何も知りません。話すことはないので失礼させていただきます」

失礼を承知の上で、俺は無駄なことに時間を割《さ》いてしまったと思った。

こんなことなら、きららちゃんの迎えに行けばよかった。いや、今からでも行こうと決めて席を立つ。

「ちょっと待ってよ。怒ることないだろう。君は奴から姪っ子をしょっちゅう預けられてるんだろう？」

獅子倉部長が、慌てて俺の腕を掴んだ。

力任せに座らされるも、俺は隙あらば撤収《てっしゅう》という構えだ。

「そんなのたまにですよ。仮にしょっちゅうだったとしても、もともとうちは子供が多いですから、一人ぐらい増えても問題ありません」

「いや、問題は大有りだろう。部下に姪っ子を預けて自分はデートだったら、無責任もいいところじゃないか」

「部長はそんな人じゃありません！」

何を根拠にそんなこと！

俺は声を荒らげてテーブルを叩いた。

「兎田くん」

獅子倉部長には本気で驚かれて、周りからもザワザワとされてしまった。

さすがに俺も、すぐに「すみません」と頭を下げる。

「いや、いいよ。俺の聞き方も悪かったんだろうから」

この状況なら、逆に俺が怒られても不思議はなかった。

獅子倉部長は部長だ。俺は平社員だ。素直に対応しないだけで、なんて態度が悪いんだと激怒されても仕方がない。

でも、獅子倉部長は言い分こそ勝手だけど、俺の前では鷹崎部長の友人に徹していた。

決して立場を翳《かざ》したり、パワハラ的な態度も見せなかった。

ただ、それだけに俺は、気持ちがもやもやとした。

「そもそも付き合いの長い俺でもわからないことを、部下の君に聞いたことが間違いだったってことだもんな」

「――――」

どこまでも一個人の彼に〝鷹崎部長（友人）の私生活を知る権利〟みたいなものを主張されているような気がして。

ここまで堂々と〝あいつのことは何でも知っておきたいんだ〟〝知っていて当たり前なんだ〟って顔をされたら嫉妬しか起こらなくて。

「ごめんね、兎田くん。とりあえず、お詫《わ》びに食事だけでもして」

それより何より、「獅子倉部長の言うところの〝鷹崎の女〟は俺ですよ！　だから何も心配しなくて結構です!!」って言えないジレンマも手伝って、俺は手にしたジュースを一気に煽《あお》った。

明らかに、危険なスイッチが入った。

「いいえ。わかっていただければそれでいいです。ただ、昨日今日所帯臭くなったわけではない俺から獅子倉部長に、一つ聞いてもいいですか？」

「ん？　何を」

「獅子倉部長は、誘って断られたからあやしいって言いますけど、今の鷹崎部長をどこに誘ったんですか？　ちゃんと子連れで楽しめるようなプランで誘ったんですか？　まさか同期会のノリで誘ったんじゃないですよね？」

いけない、まずいって思っているのに、口がすべる。

「え？」

「もしも同期会のノリだとしたら、断られても当然ですよ。鷹崎部長はもう、きららちゃんのパパなんです。以前のような独身貴族じゃありません。獅子倉部長が言うように、子供に対して責任ある立場なんですから」

獅子倉部長は、怒る様子もないまま、俺の話に耳を傾ける。

心なしかポカンとしているようにも見える。

「そうでなくても、残業になれば延長保育。朝から晩まで一緒にいられる時間なんて限られてるのに、会社が休みのときぐらい子供が最優先に決まってるじゃないですか。それに、限られた期間を承知の上で断ったんだとしたら、それは獅子倉部長にも気を遣ったんだと思いますし」

「俺に？」

「はい。だって、誘われた鷹崎部長が、子連れで遊園地ならＯＫって言えますか？　仮に言ったとして、獅子倉部長はそれを聞いて、心から〝じゃあ、そこへ行こう〟〝今日は遊び倒そう〟って言えますか？」

獅子倉部長が、それなりに対応してくれるものだから、俺はますます歯止めが利かなくなっていった。

「そりゃ、鷹崎部長が週末保育や俺にきららちゃんを預けて、今だけ獅子倉部長に付き合うことは可能です。けど、それで出かけたとして、子供なんていつ体調が変化するかわからないんです。待ちに待ったお休みなのに、パパに置いて行かれたって理由だけで熱を出したりするんです。でも、そしたらすぐに予定を切り上げて迎えに来てくださいってことになります。だって、きららちゃんには鷹崎部長しかいないんです。保護者になりえる大人が何人もいる家庭じゃないんですから、たとえ可愛い子がいっぱいいるお店で大盛り上がりしていても、すぐ来てくださいってことになるんです。そしたら、連れに悪いでしょう!?　鷹崎部長が独身者に気を遣うって、そういうことです」

「――――」

そうとう根に持っていたのか、俺はここぞとばかりに〝可愛い子のいるお店〟の話まで交えてしまった。

当然獅子倉部長は、更にポカンだ。

「俺が、こんなこと言うのは生意気だってわかってます。失礼だって承知の上です。でも、子供を持つって、育てるってそういうことです。以前のように自分中心では動けない、世界も回らなくなるってことが、ごく普通で当たり前になるんです」

それでも獅子倉部長は黙って俺の話を聞き続けた。

俺に話をさせ続けた。

「でも、こんなことはいっときです。十年も経ったら、きららちゃんだって自分の世界を確立して、パパとは違う休日を過ごすようになります。部長と遊びたかったら、それまで待つしかないし。仮にそのとき、獅子倉部長が妻子持ちで身動きが取れなくても、鷹崎部長はすべてを理解し、サポートしてくれます。少なくとも今の獅子倉部長みたいに、ごねたりしないはずです」

そうして、俺が一通り話し終えたところで、獅子倉部長が目を細める。

表情が変わった。

「俺、そんなに鷹崎にごねてる？」

「っ――――言いすぎました。獅子倉部長は、鷹崎部長にはごねてません。その代わりにこうして、周りや俺に確認してるんだと思うので。ごめんなさい」

俺が謝るも、彼の目が急速に冷めたものになっていく。

許されるまま言いすぎたと反省しても、もう遅い。

「いや、謝らなくていいよ。確かに俺は、子連れで出かけようとは誘わなかった。昔のノリで、週末に遊ばないかとしか言わなかった。そしたら以前同様、週末は先約があるって断られたから、女かと思った。子供で手いっぱいだって言われたら、また違った。けど、これって独身者には何を言っても無駄って思われたってことだもんな？」

獅子倉部長は俺に対してではなく、よりにもよってこの場にはいない鷹崎部長に憤《いきどお》りを向けてしまった。

「そんな…、無駄だなんて。悪く取らないでください」

「わかってるよ。鷹崎がそんなふうに考える奴じゃないってことは。けど、言ってもらえないほうは、そう考えても仕方がないだろう。誰も彼もが同じ価値観で生きてないし、逆に気を遣ったら百パーセント相手に通じるとも限らない。きちんと言葉にしてもらわなかったら、わからないことなんて山ほどある」

獅子倉部長の憤りは、俺の中に湧き起こっていたそれと、どこか似ていた。

こんなことは、言ったところで始まらない。お互いに、今は越えることのできない壁のようなものが存在している。それはわかっているけど、腹が立つ。

わかっているからこそ、どうしようもないとジレンマしてしまう感情だ。

「獅子倉部長！」

けど俺は、これだけは獅子倉部長に勘違いしてほしくなかった。鷹崎部長は言わなかったのではなく、言えなかったかもしれないことだ。

俺が男でなければ、誰にでも堂々と紹介できる恋人だったら、鷹崎部長も彼にはっきりと現状説明ができたかもしれない。

だからって、「実は俺が恋人なんです」なんて言えるわけがないけど。

俺は、どうにかして彼から鷹崎部長に向けられた憤りを逸《そ》らせたかった。

しかし――――

「と、ごめん。ちょっと出てくる」

獅子倉部長は胸ポケットで響いただろうスマートフォンを取り出した。軽く会釈をしてから席を離れた。

「はい」

俺は頷いて見送ったものの、どうしていいのかわからなくなった。

『やっちゃった』

感情のままに喋《しゃべ》りすぎたことは、十分自覚があった。

獅子倉部長への一方的な嫉妬が原因だろうな、ってこともわかっていた。だからといって、育児の話でまくし立てたところで、独身の彼には育児疲れの八つ当たりにしか聞こえなかっただろう。

それなのに、俺は鷹崎部長の立場をわかってほしくて。

いや、俺のほうが今の鷹崎部長のことをわかってますって主張したくて、獅子倉さんに生意気なことを言いまくった。

しかも「失礼を承知で」って、これ以上失礼なことなんかないよ!!

『どうしよう。鷹崎部長にも謝らなきゃ』

俺は、スマートフォンを取り出すと席を立った。

獅子倉部長がどこに話に行ったかわからないから、一応お手洗いに向かった。

『まだ仕事中かな? 電話したら迷惑かな? けど、こんなことメールじゃ説明できないし――――!!』

自然と涙で目が霞《かす》んでいたからだろう。俺は男子トイレの表示がある手洗い場に入ったところで、丁度中から出てきた人とぶつかってしまった。

「すみません」

「悪い…、と。お前、確か兎田んところの」

「――っ」

咄嗟に頭を下げて謝るも、いざ顔を上げたら今夜は呪われてるとしか思えなかった。

相手は関東テレビのプロデューサーで、名前は確か浜田《はまだ》さん。

テレビ局の偉《えら》い人が謝罪に来たときに言っていたから間違いない。

それにしても、今夜はかなり酔っているみたいだ。

「待てよ！　長男。少しぐらい愚痴《ぐち》らせろ」

俺が反射的に身を翻《ひるがえ》したためか、彼は俺を逃がすまいとして腕を掴んだ。手洗い場の奥、トイレが二つ並ぶほうへ押し込んだ。

手洗い場そのものは畳で三枚分ぐらいのスペースがあるけど、こんなところで二人きりなんて、最悪としかいいようがない。

「あれから全部出演依頼を断ったんだってな。だったら、初めからそう言えばいいものを、意地が悪いよな兎田も。俺の依頼だから受けられないみたいな態度を取っといて。おかげでこっちはえらい目にあった。俺のせいですべてがだめになったと言わんばかりに、上からも責められて」

案の定。浜田さんは、先日うちが特集番組の出演を断ったことで絡んできた。

酔っぱらっているせいか、以前にも増して口調が荒い。

「別に、間違ってませんけど」

「あ?」

「父は、いえ、うちは浜田さんの依頼だから断りました。そして、一度きりの約束とはいえ、ハッピーレストランさんの依頼だったから受けました。そこに間違いはないです」

俺は、そうでなくてもテンパっていたところで父さんを悪く言われて、すぐにキレた。

浜田さんがあまりに勝手で、我慢の二文字さえ忘れてしまった。

「なんだとぉ、貴様。言うに事欠《か》きやがって、どういうつもりだ!」

「あなたが、自分に都合よく誤解をしているから、事実を言ったまでです。俺は、俺たち家族は、毎日気軽に過ごしてなんかいません。あなたがオファーしたような軽いノリでは生活していません」

獅子倉部長のことといい彼のことといい、俺はその場で言い返せなかったことに対して、ものすごく根に持つみたいだ。

もちろん、彼から最初に喧嘩を売られたのは父さんだ。俺ではない。

でも、彼は迂闊《うかつ》に発した自分の言葉が父さんを怒らせた。だから依頼を断られたってことさえ、この分ではわかっていないだろう。

それが明らかだったから、俺はこれだけははっきりさせておきたかった。

「そもそもあなたは、何が撮りたくてうちに番組依頼をしようと思ったんですか？　普段どおり、軽い気持ちでカメラさえ回していれば、視聴率がとれると思ったからですか？　自分の仕事が全《まっと》うできると考えたからですか？」

「なんだと！　貴様、他人の仕事を侮辱《ぶじょく》するのか」

「他人のうちを、家族を軽く見て侮辱したのはあなたが先でしょう！　何が〝思い出作りのつもりで受けてくれればいい。普段通り気軽に〟なんですか！」

「はっ!?　なんの話だ。どういう言いがかりつけてんだよ」

しかし、浜田さんは最初に自分が何を言ったのかさえ、覚えていないようだった。

これは酔っぱらっているからどうこうではない。素面《しらふ》でも覚えていなかった口《くち》だろう。

取って返せば、それぐらい父さんに対して、行き当たりばったりで声をかけた。その延長で、先日もうちに依頼に来たってことだ。

超――――ムカつく！

「自分の仕事に置き換えれば、最初にあなたがどれだけ失礼な依頼をしたかわかるはずです。父だって、今あなたが怒ったような感情で、真摯な態度で、我が家を理解した上で企画を立ててきたなら、頭ごなしに断ったりはしなかった。少なくとも、迷うぐらいしたと思います」

俺は、浜田さんから引きとめられて二人きりにされたことを逆手《さかて》にとり、ここぞとばかりにまくしたてた。

「でも、あなたはそうじゃなかった。他局で流行《はや》っているから、身近に子沢山《こだくさん》がいたから、そういう思いつきだけで父に声をかけた。もしかしたら父の立場上、あなたの申し出なら断れないと思ったのかもしれません。けど、その軽い気持ちが、結果的には父を侮辱した。父親としての役割や仕事を軽んじられたと判断したから、父はあなたもあなたの仕事も拒絶したんです」

俺は、すでに彼の頭から抜け落ちているだろうことを、一から説明した。

すると、多少は思い出したのか、彼の眉間に皺が寄った。

軽く赤味がさしていた顔が、見る間に真っ赤に染まっていく。

「そしてそれは、俺たち家族も同じです。父を軽んじ、我が家を侮辱するような人に敷居は跨《また》いでほしくありません。俺たちは確かに　今後の出演依頼はすべて断った。でも、仮にそうでなかったとしても、あなたの依頼だけは受けません。これが事実で…!!」

「何を、偉そうに。親が親なら子も子だよな。売れた途端に大きな顔をしやがって！」

激怒した浜田さんが、俺の肩を強く押した。

弾みで俺の背中が、トイレの扉にドンと当たった。

「何が真摯だ、何が理解だ。フリーだかなんだかしらないが、好きな仕事だけして、好きなようにガキを増やして、ちやほやされてる奴の気持ちなんかわかるはずがないだろう。だったらあいつに、俺たち使われの身の気持ちがわかるのか？　お前に社会の厳しさがわかるのか」

背中に覚えた衝撃以上に、彼の言いぐさに腹が立ち、俺は更にヒートアップした。

「まったくわかりません。わかるはずないじゃないですか」

「なんだとっ」

「だって、父さんは好きなことをしたかったからフリーという道やリスクを背負ったんです。そして、母さんと子供が好きだから、今の大家族になったんです。でも、あなたが思うように、父さんはちやほやなんてされていません。今回たまたまそんな感じに見えるだけで、父さんの年で二十歳を頭に七人も子供がいたら、大概《たいがい》はうしろ指を指されます。勝手な想像をして、勝手なことを言い触れ回って、ストレス解消する人なんて世間に山ほどいます。それぐらい想像がつくでしょう。あなただってその一人なんですから!!」

「――――っ」

逆ギレと取られても仕方がないが、俺は浜田さんが心底から父さんを軽く見ていた、まるで苦労知らずかのように思っていたことに腹が立ってどうしようもなかった。

父さん本人が聞いたら、むしろここまで怒らなかったかもしれない。

父さんは、フリー仕事と子沢山に関しては、誰に何を言われても「事実だから仕方がない」と言って笑う人だ。

そのために妻子が傷つけられたら激怒するだろうけど、自分の生きざまに関しては、「それを許してくれた蘭さんとお前たちには心から感謝している。本当に父さんは幸せだよ」としか言わないし、思わない人だ。

だから俺だって、誰に何を言われても両親に告げ口はしたことがない。

何かを察した父さんや母さんが「どうしたの？」って聞いてくれたことは数えきれないほどあったけど、俺はそのたびに「両親キラキラで羨ましいって言われた」「弟たちが可愛いって言われた」としか答えたことがない。

双葉や充功も小学校の頃にはからかわれて泣いていたことがあったけど、それは全部俺が受け止めた。

そして士郎や樹季に関しては、今の地元では充功が〝ちょっと怖いお兄ちゃん〟に見られていることもあって、この手のことでからかわれたのは数えるぐらいだ。

士郎に絡んだ相手に限っては、完全に論破《ろんぱ》されて、しばらく立ち直れなかったらしいし。

武蔵や七生のときには、この手のことでからかわれることは極貧《ごくひん》になるだろう。

でも、そうなるまでに俺たちだって、細《ささ》やかながらに努力した。子供ながらに戦った。父さんと母さんが大好きで、この兄弟で生まれてよかったって心から思うから。

そして、子供なりに自分の家族を守りたかったからだ。

「ちなみに、俺はまだ社会人二年生なので、厳しいも何も経験不足で語れません。でも、弟たちにお腹いっぱい食べさせたいという目的だけで、今の会社に入りました。そして、その目的が達成できている限り、どんなに厳しくても仕事や会社に文句はありません。だからあなたが言ってることは、たったの一つもわかりません」

浜田さんは、営業トークでも出ないような俺の勢いに押されて、すっかり口を噤《つぐ》んだ。

「でも、こんな俺でも想像ぐらいはできます。あなたにだってきっと夢や希望があった。だから、今の仕事や職場を選んだ。でも、それが思うようにはなっていない。けど、それって、あなたがやりたいことをやり遂《と》げるために必要なリスクを負ってない、何らかの形での代償《だいしょう》を払ってないからじゃないですか？」

「何がリスクだ、代償だ。お前に何がわかる！」

「だからわからないって、想像だって言ったじゃないですか。違ってたんなら、失礼しました。どうもすみませんでした!!」

隙をついて反撃に出てきたけど、俺が言いたい放題言ったあとに潔《いさぎよ》く頭を下げたら、力いっぱい唇を噛み締めた。

自分でも驚くぐらい、反省のない謝罪だ。

浜田さんも怒るを通り越して、呆れたのかもしれない。

「も、もういい!! お前みたいな若造《わかぞう》に絡んだ俺が馬鹿だった。これだから餓鬼《がき》は！」

さすがに浜田さんも、酔いが吹っ飛んだのかな?

こいつには何を言っても無駄だと判断したのか、さっさと手洗い場から出て行った。

俺は彼の背中に、力いっぱい悪漢《あっかん》ベーをした。

「餓鬼で悪うございましたーっ」

それも両目の悪漢ベーだ。十年ぶりぐらいだ。どれほどキレていたのかって感じだ。

とはいえ、急速に熱くなった感情は、冷めるのも急速だ。

「────って。何してるんだよ、俺。父さんが仕返しされたら、どうするんだよぉ」

一気に我《われ》に返ると、俺はその場に頭を抱《かか》えてしゃがみこんだ。

すると、トイレの中から笑い声が聞こえてきた。

『え!?』

二つ並んだトイレの片側から出てきたのは、よりにもよって獅子倉部長だった。

『終わった』

何がとはいえないけど、俺の頭にはそれしか言葉が浮かばなかった。

しかし、獅子倉部長は笑いながらなぜか手を叩いて――――。

「いやいや、ジュース一杯で酔っ払い相手にあそこまで言えるって、すごいねぇ。本当、兎田くんって綺麗で大人しそうな見かけによらず、言うときは言うんだね。鷹崎が絡んでなくても」

「っっっ」

獅子倉部長は、茶目《ちゃめ》っ気《け》たっぷりで嫌味なことを言ってきた。

それでもしゃがみこんだ俺に手を差し伸べて、なんだか機嫌よく立ち上がらせてくれる。

浜田さんに言いすぎたせいで、「俺が言われたことなんか、まだマシだった」とか思ったのかな？

「いえ、言いすぎました。途中から、これ以上はまずい。だめだって思っていたのに、我慢ができなくて…」

俺は、さっきのことまで含めて、この場で謝ろうとした。

でも、それを察したように獅子倉部長は俺の口元に手をかざしてきた。

「それだけ家族や父親が大事だってことだろう。いいじゃないか、別に。売られた喧嘩は買ったって。それに、客観的な立場で言わせてもらうと、君の言い分は間違ってない。正しいと思うよ。今の話にしても、俺が鷹崎のことで絡んだ件にしてもね」

さらっと嫌味なく、それも極上な微笑つきで言われて、俺は逆に混乱した。

「鷹崎は、上司思いの部下をもったようだ」

怒られる覚悟しかなかっただけに、俺のほうが正しいと言われてしまって、返す言葉も見つからない。

獅子倉部長はそのまま手洗いを済ませると、ふっとため息をつく。

「それにしても、二十歳か。言いたいことは言うべきだよ。そのうち言いたくても、言えない年になる。けど、これも言い訳といえば言い訳だな。必要なときに必要なことを言わなきゃいけないのは、むしろ年を重ねてからだもんな」

そして、再び俺のほうを見ると、やっぱり笑っていた。

「俺も言えばよかったよ、直接鷹崎に。そしたら君にお説教されなくてもすんだのに」

「――――」

「いや、さっきのお説教は君ならではか。俺の周りにも既婚者はいるが、君ほど家事や育児をしてきた男はいない。むしろ仕事ばかりで、家のことは奥さん任せだ。それであれを言われたら、最後まで聞かずにぶん殴ってるだろうし、鷹崎にしてもそれは同じだろうからな」

獅子倉部長は俺が嫉妬から口走ったことを、文句や言いがかりではなくお説教と受け止めていた。

普段の会話で〝お説教〟って言われたら、お節介《せつかい》とか堅苦しいって響きに聞こえがちなんだけど、獅子倉部長のそれは違った。

単純に〝知らないことを教えられた〟って受け止めてくれたんだ。

「家事育児に関しては、君は大先輩なだけでなく現役だ。それも尊敬できる経験者だ。だからあいつも変な意地も張らずに相談したり、姪っ子も安心して預けられるんだろうな。それなのに、ごめんね。大人げなく絡んで」

年下の俺にもさらっと謝ってしまうところは、なんだか鷹崎部長と似ていた。

こういう感じを〝類友《るいとも》〟って言うのかな？

俺は、なんとなく獅子倉部長から存在を認められた気がして、嬉しくなってきた。

「いいえ。俺のほうこそ、ムキになってすみませんでした」

反省は反省として、後悔にならないうちに謝ることができてほっとした。

「それだけ鷹崎のことが好きってことだろう？」

「え？」

「違うの？」

ただ、面と向かって聞かれると、俺の胸は再び騒《さわ》いだ。

「いえ、その。はい。とても尊敬している上司ですから」

「なんだ。恋愛の好きじゃないのか」

「――――っ」

驚く以上に、差し障《さわ》りのない言葉を選んだ自分に後悔した。

何もここで「付き合ってます」って言うわけじゃない。俺が一方的に「実は鷹崎部長のことが好きなんです。片思いしてるんです。でも、これだけは内緒にしてくださいね」って言う分には、こんな気持ちにならなかったんじゃないかと思えたからだ。

「まあ、とりあえず席に戻って、飲み直そうか」

「…はい」

なんだか今夜は、嘘に嘘を重ねている気がした。

鷹崎部長に内緒で獅子倉部長に会っていることも、そして獅子倉部長に鷹崎部長への恋心を隠していることも、仕方がないと言えば仕方がない。

企《たくら》んで嘘をついたというよりは、成り行きをごまかしたに過ぎないかもしれないけど、俺としては心苦しかった。

やっぱり好きな人や、せっかく親しくなれたかもしれない人を偽《いつわ》っている気がして、罪悪感のようなものがぬぐえなかった。

――なんだ。恋愛の好きじゃなかったのか。

沈黙で肯定することしかできなかった自分も嫌だった。

だからって、堂々と他人に言えることじゃない。それぐらい最初からわかっている。

家族が、きららちゃんが、そして鷲塚さんが認めて応援してくれるだけでも幸せなのに、
どうして俺はこうなんだろう？

しかも、俺は心ここにあらずのまま手にしたジョッキの中身を一気に飲んでしまった。

「あ、それ俺の」

「すみません。飲んじゃ…った」

お代りしたジンジャーエールと間違えて、獅子倉部長のハイボールを綺麗に飲み干し、
頭も身体も沸騰《ふっとう》した。

「――――」

「兎田くん！」

急激に酔いが回って、その後はしばらく記憶が飛んだ。

8

時間にしたらどれぐらいだろう？

俺の記憶というか意識には、予想もしていなかった空間ができた。

「んっ、ん…？」

身体は怠《だる》いし頭も重かったが、意識は戻った。視界もはっきりしている。

『何？　ここ、誰の部屋？』

「気が付いた？」

横たわる俺の片側に座り、顔を覗き込んできたのは獅子倉部長だった。

俺は慌てて身体を起こす。

「ここは？」

「出張中の仮の宿。会社からも居酒屋からそう離れてないし、まだ終電前だから安心して」

「――――はい」

部屋の作りからして、短期賃貸マンションの一室のようだった。

俺が居酒屋でダウンしたから、担《かつ》いできてくれたのかな？

どうやって運び込まれたのか想像ができない。

というよりも、想像したくない構図しか浮かばなくて、俺はすっかり肩を落とす。

「あの、すみませんでした。お手数ばかりおかけして」

俺には謝ることしかできなかった。

「別に大したことはないよ。あれぐらいで倒れるなんて可愛いもんだし。むしろ、最近じゃ見ないようなもの見せてもらった感じで、初々《ういうい》しかったよ」

獅子倉部長は、相変わらず笑っているだけだった。

俺の失態を怒ってはいないようで、ホッとする。

「そう言っていただけると、幸《さいわ》いです」

俺はそっと胸を撫で下ろす。それとなく腕時計に目をやり、時間を確認しようとした。

すると、時計の文字盤を隠すようにして、獅子倉部長が俺の手首を掴んできた。

さすがにこれには俺もビクッとした。

「ところで、兎田くん。もう一度聞いていいかな」

「なんでしょうか？」

彼の腕を振り払おうとしたけど、かえって強く掴まれる。

「鷹崎のことは、本当に何とも思ってないの？　恋愛的な好意はゼロ？」

「え？」

俺は彼の胸に引き寄せられて、いきなり強く抱きしめられた。

「もしそうなら、口説《くど》きたいと思って。あ、これはアメリカンジョークじゃないよ。本気」

「っ、やめてください！」

突然のこと過ぎて、何がなんだかわからない。俺は力いっぱい振りほどこうとしたけど、思いのほか獅子倉部長の力が強くてままならない。

『どうしよう。鷹崎部長!!』

しかも、

「でも、鷹崎のほうも君のことは何とも思ってないよ。よくしてもらって助かってるとは言ってたけど、それだけだ」

「――――」

耳元で囁かれた言葉に、俺は凍りついたみたいに固まった。

そんなの嘘だ。もしくは鷹崎部長が俺たちの関係をごまかすために言っただけだ。

さっきの俺と同じだってわかっているのに、涙腺《るいせん》が壊れた。

たとえその場しのぎでも、鷹崎部長が言ったんだと思ったら――――だめだった。

「兎田くん!?」

堰を切ったように、ぶわっと涙が溢れた俺に、獅子倉部長が焦《あせ》って腕の力を緩《ゆる》めた。

そんなときに寝室の扉が開かれて、

「獅子倉。下のコンビニに胃腸薬なんか売ってな……！」

『鷹崎部長！』

俺から獅子倉部長が引きはがされると、床へ飛ばされた。

驚く間もないぐらい、一瞬の出来事だった。

俺は状況がわからず、ただただベッドの上でガクガクしていた。

心なしか、震える手や足の先が冷たい。

「貴様、兎田に何をした！」

獅子倉部長はすぐに上体を起こして、鷹崎部長を見上げて説明した。

しかし、鷹崎部長のほうは仁王立《におうだ》ちだ。こんなに激怒している姿は見たことがない。

「こ、告白しただけだよ。すごくいい子だから、好きになっただけだ」

「嘘をつけ！」

「嘘じゃないって。大体お前は彼を部下としか思ってないんだろう？　彼だってお前を上司としか思ってないって、はっきり言ったし」

するとと、今度は獅子倉部長の口から鷹崎部長に、俺が発した言葉がぶつけられた。

その瞬間、鷹崎部長の顔が明らかに引き攣《つ》った。

理由はきっと俺と同じだ。絶対にそうだ！

「嘘です！　俺は部長が好きです、恋してます！」

俺はベッドから飛び起きて、鷹崎部長の腕を掴んだ。

「なら、相思相愛ってことで」

「獅子倉部長じゃなくて、鷹崎部長のほうですっ!!」

力いっぱい両手で掴んで、無我夢中で抱きしめる。

「でも、そんなこと他人に言ったら迷惑…かけるから…。だから…っ」

鷹崎部長の肩に顔を埋めて、声を震わせしゃくりあげてしまう。

こんなときの俺は子供だ。二十歳の成人なんて、社会人なんて肩書きばかりだ。

「もういい、兎田。俺もお前が好きだ。愛してる」

部長はすぐに俺を抱き返してくれた。

獅子倉部長が聞いてるのに――――ごめんなさい!!

しかし、俺がいっそう泣き伏《ふ》すと、

「これでいいんだろう、獅子倉!!」

鷹崎部長は獅子倉部長に向かって吐き捨てた。

『え？』

俺はますます混乱した。

獅子倉部長はこの状況だというのに、ニヤリと笑う。

それどころか、ゆっくりとその場で立ち上がって――――。

「いいも悪いも、付き合ってるんなら、最初からそう言えばいいだろう。これでお前まで、〝そんなこと言ったら兎田に迷惑がかかるから〟なんて言いやがったら、ただじゃおかないぞ。俺は、お前がある日突然美青年に走ったからって、見る目が変わる様な男じゃない。ましてやその相手を変な目で見るなんてこともしないし、他人に言ったりもしない。それを、何度聞いても知らん顔。頑なに隠されてるほうが、胸糞悪いわ。俺はそんなに信用ならないのか？　偏見《へんけん》の持ち主か？　あの鷲塚とかって若造以下か？　ふざけるな！」

鷹崎部長に向かって怒鳴った。

「獅子倉」

「獅子倉部長」

俺と鷹崎部長は、二人そろって息を呑んだ。

おそらく途中までは胸をキリキリさせながら、獅子倉部長からの激昂《げっこう》を受けたと思う。やるせないというか、切なさを感じたと思う。

ただ、最後の最後に鷲塚さんの名前を出されたものだから、俺たちはどこか間の抜けた声を上げてしまった。

だって、どうしてここで鷲塚さん？

すると、獅子倉部長の視線が俺のほうに向けられた。

「ごめんね、兎田くん。出会い頭《がしら》から嫌な思いばかりさせて。でも、こいつが何度聞いてもしらばっくれるんだよ。目に入れても痛くない姪っ子を笑って一晩も預けるなんて、ただの部下じゃないだろう、本当は違うんだろうって聞いてもごまかすんだ」

そもそも「妙」や「変」としか言いようのない獅子倉さんの言動が、怒りの発端が、いったいどこから来ているのかを説明してくれた。

「まあ、さすがに兎田くんは部下である以前に男の子だからね。そこは隠したいんだろうなってことで理解するよ。けど、解《げ》せないのは俺に隠し通すようなことなのに、あの男だけは知ってたってことだ。二人きりの秘密ならまだわかる。ギリギリ家族だけは知っているでもありだろう。けど、全《まった》くの他人であるあいつと俺が同等じゃないのは腹が立つ。このまま黙ってカンザスになんか帰れるかって話だ。だから、せめて君からでも聞き出せればと思って今夜は誘ったんだけど、君も鷹崎と同じで口が堅いからね。これはもう無理かと諦めかけたんだけど、あそこでダウンしてくれたから、利用させてもらったんだ」

『――――ようは、酔って倒れた俺を理由に、残業中の鷹崎部長を呼び出した。そして、俺に迫ったのも見せかけだけで、まったくその気はなかったと…。よかった！』

なんとなくわかるような、わからないような。

でも、そう言われたらわかる気がする獅子倉部長の怒りの矛先《ほこさき》だった。

他人が聞いたら「え？」って、鷹崎部長や鷲塚さんが聞いても「は？」って思いそうな話だ。

けど、俺には似たような経験がある。ついさっきも獅子倉部長にやきもちを焼いたばかりだ。

そもそもやきもちって、恋愛感情から生まれるだけじゃない。愛情からも友情からも生まれるものだし、人が二人以上集まったら自然と発生する感情だ。どうにもならない。

むしろ、それをどう我慢していくかっていうのは個人差で――――。

たまたまこの件に限って、獅子倉部長は我慢がならなかった。俺と部長の交際が他人には言えない、秘めたる関係だってわかるからこそ、それを鷹崎部長から隠されたことが納得できなかった。

しかも、勘《かん》のいい獅子倉部長のことだ。俺や部長の立ち振る舞いから、鷲塚さんだけは知ってるって気づいたんだろう。

それで、余計に腹立たしくなり、許せなくなった。

悪感情の対象が鷹崎部長に向いたのだって、それほど彼にとって鷹崎部長が、かけがえのない友人だからだろう。

それがわかっていても、ほら――――俺はやっぱり獅子倉部長にやきもちを焼く。

だって、こんな暴言間違っても俺には吐けない。

これは同期の仲間である以上に、親友だから言えるんだ。結局、彼だから真っ向からごねられるんだと羨んでしまい、自然と唇が尖ってくるんだ。

ただ、ここへ来て面と向かってごねられた鷹崎部長は、重い溜息をついたけど。

「同等なんかじゃない」

「なんだって？」

「鷲塚とお前は、全然同等じゃないと言ったんだ」

「――――」

鷹崎部長の言葉に、獅子倉部長が茫然とする。相当ショックだったのだろう。

だって、俺でもショックなぐらいだ。獅子倉部長が受けた衝撃は、計り知れないものがある。

「お前はただの俺の親友だが、あいつは兎田の親友であると同時に、兎田に失恋した奴だ。それでもお前がギャーギャー喚《わめ》いてるぐらい、何ら変わりなく接してくれている。兎田にも俺にも兎田の家族にもだ」

それでも獅子倉部長は、鷹崎部長からの説明と親友の一言ですぐさま浮上した。

「なら、尚更だな。俺だってお前に失恋したぞ。それでもいっさい態度は変えてこなかった。鷲塚とまったく立場は同じだよな」

「――――!?」

そうかと思えば、今度は鷹崎部長が青ざめた。

俺にいたっては、息が止まった。

部屋の空気が凍りついたみたいになっている。

『獅子倉部長が鷹崎部長に失恋?』

こうなると、あってもおかしくない展開に、俺の頭の中が真っ白だ。

友情だとばかり思っていたものが恋愛感情だったなんて。俺が鷲塚さんのときに驚いた以上に、鷹崎部長は驚いているかもしれない。完全に言葉を失っている。

しかし、誰より先にこの場の空気に根を上げたのは獅子倉部長本人で――――。

「って、本気にするな！　しかもなんなんだよ、その〝この世の終わり〟みたいな顔は！　お前、俺に失礼すぎるだろう」

「ふ、ふざけるな！　ショックで酸欠《さんけつ》を起こしかけたじゃないか！」

一度は真っ青になった鷹崎部長の顔に、赤みが戻った。

鷹崎部長が怒り任せに獅子倉部長の襟《えり》を取ると、獅子倉部長も襟を取り返す。

「冗談ぐらい、ツーカーでわかれよ。何年付き合ってるんだよ。そもそもあれだけ一緒に合コン行って、女ナンパ…んぐっっっ」

話が完全に親友同士になったところで、鷹崎部長の手が獅子倉部長の口を塞いだ。

「それ以上言ったら、このまま箱詰めにしてカンザスに送り返すぞ」

何か小声で言っていたけど、もう聞こえました。

そりゃあ、稀代の東京九〇期。タイプは違えどハンサムなのは間違いないツートップの二人だ。入社当時はさぞ…なんて、誰にでも想像がつくことだ。

獅子倉部長から見て、今の鷹崎部長が枯渇《こかつ》したというなら、当時の部長は――想像するだけ野暮《やぼ》というものだ。

それに、俺がきららちゃんの存在にばかり気をとられていただけで、部長は俺とのデートに高級ホテルを連泊で押さえるような人だ。

乗っている車だって、チャイルドシートはついてるけど、そうとう派手だ。

そもそも婚約寸前で別れた彼女だっていたし、それが何人目の女性なのかなんて俺にはまったくわからない。

何をどうしたところで、この年の差も男としての魅力差も変えられない。

俺は、鷹崎部長の過去に対しては、よくも悪くも見ないふりをするしかないんだ。

「うわー。もしかして、すでに恐妻家か？　すっかり尻に敷かれてるのかよ」

「だ・ま・れ」

「だらしねぇな。一回り近くも年下の部下に手を出して、手綱《たづな》を握られるなんて。本当、熟年夫婦かよ。そろいもそろって所帯臭いし、むしろ兎田くんが可哀想だよな。この年から燃えるような恋も知らずに、家庭から家庭へドア・トゥ・ドアなんてさ」

「大きなお世話だ！」

そんな俺のジレンマにも気が付かず、獅子倉部長と鷹崎部長は、互いの首を絞め合っている。

これはこれで痴話喧嘩《ちわげんか》に見える俺の目が、すでに病《や》んでいるんだろうか？

俺の唇は尖る一方だ。

それなのに――――、

「だいたい、これでも俺たちは大恋愛中だ。俺にいたっては、かつてないほどの激愛に燃え上がって、心身ともに潤《うるお》ってるところだ。現在一人身のお前と一緒にするな」

鷹崎部長は、突然俺たちのことを獅子倉部長に話し始めた。

「それこそ失礼な。モテすぎて、決まった相手ができないだけだ」

「他人はそれを軽薄というんだ」

「なんだと！」

俺が「え!?」って狼狽《うろた》え始めたのも気づかず、「いいか、獅子倉。よく聞けよ」と本腰を入れて話し始めてしまった。

「派手な車にいい女を乗せて、三ツ星レストランでディナーを食うだけが恋じゃない。サプライズに時間と金をつぎ込んで、気の利く男を演出して、ご機嫌取りするだけが愛じゃない。ましてや、自分や仕事のステータスをアクセサリー化されることの何が恋愛なんだ。見栄《みえ》と虚栄心《きよえいしん》がセットの恋愛なんて、所詮は恋に恋するお飯事《ままごと》だ。そこに無償《むしよう》の愛なんかない。打算万才《ださんばんざい》だ」

どうしてかここで、言わなくてもいいだろう過去の体験談を暴露した。

鷹崎部長――――今だけ俺の存在を忘れている。絶対にそうだ！

「兎田はな、高級ホテルのスイートに案内しようが、会社のトイレでバッタリ会おうが、同じように笑うんだ。思いがけないところで部長の顔が見られた、二人きりになれたって嬉しそうに神様に感謝するんだ」

でも、これって俺の存在を忘れているからこそかな？

俺は思わず鷹崎部長の言葉に耳を傾ける。

「一食何万もするディナーだろうが社員食堂だろうが、好きな人と食べられることが一番美味しいって、当たり前のように言う。いきなり子供の都合でデートができなくなっても、子供込みで出かけようってなっても、それより部長は疲れてないですか、無理しないでくださいねって心配するんだよ。仮に俺が真《ま》に受けて、子守を任せて昼寝したって、起き抜けには少しでも休めましたかって聞いてくれる。ああって答えようものなら、それならよかったって自分事のように喜んでくれるんだ。それも心からだ」

聞けば聞くほど体温が上がってくる。

顔が火照《ほて》ってくるけど、今更耳は塞げない。

「兎田といると、これまで味わったことがないぐらい、豊かで優しい気持ちになれる。兎田の家族、友人知人を含めて愛おしくて仕方がないっていう、温かい気持ちになれる。そういう喜びが絶《た》えない。日々、続く。この穏やかで安らかな日常が、どれほど活力になるか、覇気《はき》に繋がるかわかるか？　きちんと地に足がついた状態だ。どんなときでも踏《ふ》ん張《ば》れる力が湧いてくる」

　鷹崎部長の声や口調が、とても優しかった。

　そして、嬉しそうだった。

「けど、だからこそ失くすことなんか考えられない。考えたくないから、今の幸せにも、兎田の優しさにも胡坐《あぐら》はかけないと身が引き締まる。どうしたら今日は昨日以上に好きになってもらえるか、明日は今日以上に愛してもらえるかを自然に考え、立ち振る舞うようになる。でも、それがまったく苦痛じゃない。不安やストレスにもならない。なぜなら兎田が俺以上に考えて、常に立ち振る舞ってくれるからだ。こんなに愛してると思うのに、それ以上に愛されていると感じさせてくれるからだ」

　胸が締め付けられるような、鷹崎部長の思いが伝わってくる。

　温かくて優しいだけではすまない感情が混在するからこそ、いっそう強くなっていく愛情が、ひしひしと伝わってくる。

「はたから見ても、自分から見ても、派手なデートなんかない。お前から見たら、面白味《おもしろみ》も感じないかも知れない。いきなり所帯じみて、以前と人が違って見えるのかもしれない。けどな、お互い傷つけ合って、泣きを見るような事件が起こらなければ恋じゃないのか？　今より関係も深まらないのか？　そんな恋愛、所詮は他人が見てはしゃぐだけで、ドラマチックでもなんでもない。他人事だから無責任に煽《あお》って愉《たの》しめるだけで、当人たちが満たされる幸福かどうかなんてわかるわけないだろう」

俺は、この人と巡り会えてよかった。

好きになってよかった。

愛し合えてよかったと、心から思った。

「俺は今が、これまで生きてきた中で一番幸せだ。穏《おだ》やかで、やる気にも満ちている。心も身体も潤っていて、誰に何一つ心配される必要もない。たとえこれが、他人に言えない恋であってもだ」

俺も一生傍にいたいし。この先、鷹崎部長と離れることなんて考えられなかった。

ずっと、ずっと一緒にいたい。

『鷹崎部長、大好き』

俺は、すっかりのぼせてしまって、立っていられなくなった。

その場から一歩、二歩後ずさりすると、ベッドに腰をかけて両手で顔を覆った。

「そろいもそろってよくしゃべるよな。これだから営業は」

一応は黙って聞き続けた獅子倉部長がぼそりと言った。

俺にはまくしたてられ、鷹崎部長には惚気《のろけ》られ、今夜は厄日《やくび》だと感じているのかもしれない。居酒屋もこの場もセッティングしたのは獅子倉部長自身だから自業自得なんだろうけど、ちょっと気の毒だ。

「何か言ったか」

「いや、こっちの話だ。それだけ真顔で惚気られたら大したものだよな。羨ましい限りだよ。ただし、今になって悟《さと》りを開いたようなお前の激愛に、肝心《かんじん》の彼がついていけるのかは別だがな」

そうしてすっかり部長に忘れられていた俺に、獅子倉部長が話をふってきた。

「え？　そうなのか兎田」

真っ赤になっていた俺を見て、鷹崎部長が慌てて寄ってくる。

「違いますっ。恥ずかしくなっただけです。部長が獅子倉さんにいろいろ言うから、嬉しくて。でも、恥ずかしくて。どうしたらいいのか、わからなくなっただけです」

俺は必死に弁解した。

「あとは、自覚がなかったとはいえ、ホテルと会社のトイレを一緒くたにしてたのかなとか。レストランと社員食堂の区別もついてなかったのかなとか。鷹崎部長がいろいろ考えて演出してくれてたのに、よくわかってなかったんだって思って」

これは言われるまで考えてもみなかったから、俺としては大反省だった。

「いや、そういう意味じゃない。そこは反省されても困る。改善の必要もない。物の例えだ、ただの物の例え」

「はい」

鷹崎部長はフォローしてくれたけど、次に何かあったら、ちゃんと喜び分けなきゃと思った。

そんな器用なことができるかどうかはわからないけど、努力だけは！　って。

「――あ、でも。これだけはちゃんとわかりました。部長がここまで言うって、やっぱり獅子倉部長が特別なんですよね。そこがちょっと悔しいです。なんだかまたもやもやしてきて、やきもちを焼いてます」

あとは、俺もこの際だからと腹をくくり、獅子倉部長に抱いていた嫉妬心を吐き出した。

ここで正直に言ってしまったほうがいいような気がした。

それに、今言わなかったら、この先ずっと言えないような気もしたからだ。

「もちろん、獅子倉部長のおかげで、これまで聞いたことがなかった鷹崎部長の気持ちが聞けたことは嬉しいです。感謝してます。でも、やっぱり相手が獅子倉部長だから言ったんだろうなと思うと…悔しくて。俺、愛が足りないですか？」

「兎田」

するると鷹崎部長の頬が微かに染まった。

照れくさそうに俺の頬を撫でてくれて――――よかった。怒ってないみたいだ。

でも、それは鷹崎部長だけであって、同じように頬を染めた獅子倉部長は違った。

「ストップ！　もう、お腹《なか》いっぱい。これ以上聞いたら吐くから、けっこう。ご馳走様《ちそうさま》でした。頼むから、この続きは二人きりのときにやってくれ」

いい加減にしろよ、お前ら！　と大憤慨。鷹崎部長を俺から引きはがした。

よほど見るに堪《た》えなかったようだ。

でも、その後は照れくさそうに笑った。

「もう、安心したからいいよ。便《たよ》りがないのは元気な証拠とはよく言ったもんだよ」

「獅子倉」

これまで俺が見てきた中で一番優しそうで、それでいて安堵したような獅子倉部長の笑顔だった。

結局獅子倉部長の根底にあったのは、鷹崎部長への心配だろう。

お兄さん夫婦を亡くして、きららちゃんを引き取って、その上婚約寸前の彼女とまで別れてってなったら、そりゃそうだって話だ。

きっと俺との恋愛なんか二の次だ。本当に獅子倉部長が知りたかったのは、鷹崎部長という親友の現状だけだ。

「それにしても、真《しん》のラブラブパワーがこんなに毒気を放つとは思わなかった。所詮俺は、独身貴族という名の一人ぼっちだな。どんなに手間暇《てまひま》かけて付き合った女がいたとしても、誰一人カンザスには着いてこなかった。これが現実だもんな。わかりようもないか」

話が一段落したところで、獅子倉部長がわざとらしくぼやいた。

「あの、でもそれって、同時に何人もの女性に声をかけたからじゃないですか？　誰一人って、そういうことですよね？」

「――――」

しまったと気づいたときには、大概遅い。

俺は獅子倉部長の自虐《じぎゃく》ネタに真顔で突っ込み、凹《へこ》ませてしまった。

「わかったか。迂闊《うかつ》なことを言うと、全部跳ね返ってくる。兎田に不正・不実は通じないぞ」

「そうみたいだな」

ここは鷹崎部長がすぐにフォロー？　してくれたけど、俺も何かしなきゃと思ったときだ。スーツのポケットから振動が伝わった。

「あ、すみません。電話が入ったんですけど、出ていいですか？」

俺は一応部長たちに断ってから、スマートフォンを取り出した。

明らかに自宅からかかってきたとわかる電話だったから、かなりドキドキだった。

まさかまた七生が消えたとかないよな!?

「もしもし。寧だけど――――士郎？」

電話をかけてきたのは士郎だった。

しかも、士郎なのに取り乱していた。

でも、それもそのはずだ。

「わかった！　すぐに帰る。よっぽどだったら、近所の人を呼べ。隼坂くんにも頼れ。一人で絶対に無理するな、いいな！」

俺は通話を切ると、縋《すが》るようにして鷹崎部長の顔を見た。

「どうした？　また七生くんに何かあったのか!?」

部長は俺と同じことを考えていたが、今回は七生じゃない。

「いえ、双葉と充功が喧嘩を。取っ組み合いになって、士郎だけじゃ止められなくて、今エリザベスが仲裁《ちゆうさい》にって！」

「――――!?」

何がどうしたらこんなことになるのか、俺にはさっぱりわからなかった。

ただ、とにかくすぐに帰らなきゃという焦《あせ》りや不安だけは十分に伝わったのだろう。

鷹崎部長は「なら、すぐに帰ろう」と言ってくれた。

獅子倉部長も、「俺も行くよ」と言ってくれた。

＊＊＊

連絡を受けた俺たちは、すぐさま鷹崎部長の車で自宅へ向かった。

今日に限って、鷹崎部長が会社近くのパーキングに愛車を停めていたのにはわけがあった。久し振りに朝寝坊をし、車できららちゃんを幼稚園まで送ったその足で、会社まで来たからだ。

しかも、そんな日に限って獅子倉部長から、「申し訳ない。ちょっとのつもりで兎田を居酒屋に誘ったら、ジュースと酒を間違えた。酔っぱらってダウンした」という連絡が入った。その時点で鷹崎部長は、今夜は仕事で都内にいる父さんに連絡を入れていたらしい。場合によっては鷹崎部長の家に連れて帰るか、俺の家まで送り届けますので心配はいりません――――と。

どうやら部長は、双葉どころか父さんとまで普通にやり取りをするようになっていたらしい。俺からしたら、いつの間に⁉ だ。

ただ、そんな小まめなやり取りが今夜は功《こう》を奏《そう》した。

俺が士郎からの電話を切った直後に父さんから連絡があり、いまだ延長保育中のきららちゃんは父さんが迎えに行き、そのまま家に連れ来てくれることになった。

家のことも気になるけど、きららちゃんのことも気になっていた俺としては、ものすごくホッとした。なんだかすごい連係プレイだけど、お互いに支え合っている感じがして、嬉しかった。

獅子倉部長なんか、このやり取りを間近で見せられて、「これじゃあ所帯臭くもなるよな。いい意味で」と、妙に納得していたしね。

「ただいま」

「お邪魔します」

「失礼します」

そうして俺たち三人は、逸《はや》る気持ちを抑えて自宅に着いた。

一応今は落ち着いているのか、家の中から罵声《ばせい》や怒声《どせい》は聞こえない。

「ひっちゃーっ」

「ひとちゃんっ」

「寧くぅんっ」

リビングから七生、武蔵、樹季が目を真っ赤にして走り寄ってきた。

これは、よほどの取っ組み合いだったようだ。大なり小なり小競《こぜ》り合いや喧嘩が起こる中で育っている弟たちが、当事者でもないのに俺にしがみついてベソベソしてきた。

「寧兄さん」

士郎まで、母さんの遺影と位牌《いはい》を手にして半べそだ。俺は覚悟を決めてリビングへ進んだ。

すると、散乱した部屋の中心で、そっぽを向き合う双葉と充功の間にエリザベスがドンと座り込んでいた。

エリザベスはふて腐れた充功の逃亡を食い止めていたのだろう。パーカーのフードをしっかり咥《くわ》えて離さないでいる。

「ごめん、寧兄。鷹崎さんも」

「ふんっ。別に慌てて帰ってくるほどでもないだろう」

二人とも殴り合ったようで、顔に痣《あざ》ができていた。高校生と中学生とあって、体格だけなら双葉のほうがいい。

だが、充功は昔っから喧嘩っ早くて実際強い。まともに殴りあったら、体格差があって

も互角がいいところだ。

「先に謝れ、充功」

「いてぇな！」

「バウッ！」

たったこれだけのことで取っ組み合いを再開しそうになっている二人を、エリザベスが一喝《いっかつ》してくれた。普段、滅多なことでは吠《ほ》えないし威嚇《いかく》もしないエリザベスだけに、二人はすぐに大人しくなった。

でも、これは牙をむき出したエリザベスが怖いからじゃない。

優しいエリザベスが吠えるほどのことを自分たちがした。弟たちを怖がらせ、そして悲しませたという自覚と反省があるからだ。

「とにかく、話を聞かせてくれ。何がどうしたらこうなった？」

俺は二人に向かって聞いた。

背後では獅子倉部長が気を遣って、「俺は子守でもしているよ」と鷹崎部長に申し出てくれている。

「子守なんかできるのか」

「どうにかなるだろう」

鷹崎部長が不安そうに訊ねるも、獅子倉部長は七生たちに「お兄ちゃんたちはお話があるからね」と声をかけてリビングから遠ざけた。

樹季が「じゃあ、二階でお願いします」と、獅子倉部長を案内する。

今夜は士郎とエリザベスが双葉と充功にかかりきりだったから、樹季が武蔵と七生を守ってくれたのかな？

今もしっかり両手で二人の手を握って連れて行った。

この場には双葉と充功、俺と鷹崎部長、そして士郎とエリザベスが残った。

「それで、喧嘩の原因はなんなんだ？」

俺は双葉と充功の前に座った。

鷹崎部長たちは、少し離れて俺たちを見守ってくれている。

「双葉」

どちらからも説明しようとしないので、俺は双葉の名を呼んだ。

すると、渋々《しぶしぶ》と双葉が口を開いた。

「充功が馬鹿だからだよ。だってさ――」

順を追って説明するうちに、双葉の目に涙が溜まってきた。

充功はふて腐れたままだ。

「は？　充功がスカウトを受ける⁉」

二人の喧嘩は、双葉が隼坂くんと電話をしたあとに、かなり深い溜息をついたことから始まった。

〝金のことなんか心配しないで、大学に行けば〟

〝は？　何言ってるんだよ〟

〝だから、金なら俺がどうにかしてやるから、大学行けばって言ったんだよ〟

〝――――⁉〟

充功がいつの間にか、芸能事務所だか劇団だかのスカウトマンと連絡を取っていたことが発覚した。

しかも、事務所だか劇団に入れば、すでにCMに起用したいメーカーがあるなんて話も水面下で動いているから、多少なりとも即金が入る。今ならまだ、世間に大家族の話題が残っているからこその大抜擢《だいばってき》だ。

冗談抜きに、にゃんにゃんエンジェルズの舞台化も進んでいるから、劇団側としては話題作りに原作者の実子である充功がほしいというのもあるのかな？

なんでも作画化されている天使・バラキエルが充功に似ているらしくて、イメージ的にもぴったりだとかって話だそうだ。

ただ、それを聞いた双葉がブチ切れた。

〝ふざけるな！　父さんや俺たちに相談もなしに、何を考えてるんだよ！〟

〝そんなの俺の勝手だろう。それより変な遠慮しないで、受験しろよ。大学行きたいんだろう〟

〝生意気なこと言ってんじゃない！〟

〝っ!!〟

充功は充功でまったく悪気《わるぎ》がないから、双葉に怒られるどころか掴みかかられて、こちらもブチッ！

あっという間に取っ組み合いだ。

〝うわっ！　双葉兄さんっ、充功っ、やめなよ――――っ!!〟

士郎が一人じゃ止めきれなかったどころか、仏壇から遺影と位牌を持って避難したってことは、そうとう激しかったんだろう。

思えば先日、俺が双葉に大学の話を切り出したときに充功は傍に立っていた。知らん顔はしていたが、話を聞いてたんだろう。

そして、双葉の反応から〝大学へ行きたい〟という希望を感じ取った。

この辺りは兄弟だ。双葉が言葉にしなくても、察するものがあったんだろう。

そして、そんなときに充功には働ける場所というか、自力で稼ぐことのできる世界への扉が開かれていた。

一度は「芸能界なんて興味ないし」と言ったにもかかわらず、これは使えるとでも思ったんだろう。充功らしいといえば充功らしい即決だ。

これで双葉の気持ちもちゃんと考えられればな…、なんていうのは贅沢な要求だ。

どうして今にも泣きそうな顔で双葉が怒っているのか、そこまで前もって察してから動けって言うほうが、まだ無理な話だ。

というより、わかっていても行動に移すのが充功の性格だしな――。

「別におかしくないだろう。寧だって俺たちのために就職したじゃないか」

ふて腐れていた充功が口を開いた。

よりにもよって、言い訳の理由が俺だった。

「おかしいに決まってるだろう！　お前まだ中学生じゃないか」

「関係ねーよ。年齢制限あったら、スカウトなんかされるかよ」

「だから、やめろって！　充功が言いたいことはわかったから、先に俺の話を聞けって」

すぐに手が出る二人の間に割って入る。

俺は充功の腕を掴むと、まずはこちらから諭《さと》しにかかった。

「確かに俺は、家族のために働きたくて就職を選んだ。けど、それと同時に一生身《み》を粉《こ》にするなら食べ物屋っていう明確な願望を持って、西都製粉に就職した。何が何でも稼がなきゃってだけの気持ちじゃなかった。勤めながら安価で食材をゲットしたいっていう、立派な私利私欲の元に就職を選んだんだから、何一つ問題はないし悲壮感《ひそうかん》もない」

じっと目を見て、充功を捕える。

今だけは、視線を逸らすことも許さない。

「実際、食材は格安でゲットできてるし、いただきものも多い。おそらく月々の社員割引や現品支給を換算したら、年収的には同期で一番高いと思う。言葉は悪いけど、目論見通《もくろみ》りだ。仕事は大変だけど楽しいし、遣《や》り甲斐《がい》もある。日々の食卓も豊かで、みんながお腹いっぱい食べられて言うことなしだ。今の双葉とは違うし、ましてや充功とは大違いだろう」

よりにもよって、こんな下心を直属の上司に晒《さら》すことになるんて！

けど、これぱかりは本当のことだから仕方がない。

就職を決めた当時の俺に、〝食〟以上の目的や目標は存在しなかった。

今だって、この気持ちは変わっていないし、恥じだとも感じてない。

勤める中で社員としての新たな目標や遣り甲斐も芽生えたし、鷹崎部長やきららちゃん、鷲塚さんたちとも巡り合えた。

俺にとっては西都製粉への就職は、最高の選択だったと言い切れる。

あとは最高の結果に向けて、日々コツコツと頑張り続けるだけだ。

「充功にとって、芸能界にお金以外の魅力があるならともかく、それがないなら無意味な行為だ。それこそお前に多額のお金を払ってもいいって認めてくれた人に失礼だし、何より双葉の負担になるだけだ。自分のために弟が犠牲になったっていう負い目を、一生抱えさせるだけだぞ」

「――――っ」

俺は、充功の選択を丸ごと否定するつもりはなかった。

ただ、その選択にいたる理由に関しては、今一度ちゃんと考えてほしかった。

「もちろん、充功の気持ちは嬉しいよ。双葉だってそれは同じだよ。気持ちが落ち着けば、照れくささだけが残ると思う。充功が俺のためにって、一生自慢するよ。俺だってしちゃう。でも、そうなるためには、お金だけで動いちゃ駄目だ。お金の前にそれ以外の何か一つでも充功自身に目的がなかったら、みんなで笑って喜べないんだよ」

俺が、一際《ひときわ》強く腕を握ると、充功は唇を噛んだ。

双葉が、充功の気持ちが嬉しいからこそ怒った。自分の大学がどうこうよりも、目の前のお前のほうが何倍も大事だからこそ本気で怒ったんだって、少しは認めることができただろうか？

わかっちゃいるけど、でも、だって！　ってところが、充功にもあるからな。

「好奇心でも目立ちたいでも、実は興味があったでもいい。スカウトマンが饒舌《じょうぜつ》で、けっこうその気になったから試したくなったでもかまわない。それで充功の気持ちが動いたんなら、まずはやってみたらいい。そういう理由なら、俺も双葉も納得する。家族もお前の友人たちも、きっとみんなが心から応援する。だから、これに関しては双葉の大学とは切り離して考えろ。間違っても自分の今後を、自分以外の誰かを理由にして決めるようなことだけは絶対にするな。わかったか」

それでも話が終わるまで、充功は俺から目を逸らすことはしなかった。

「はい」

頭ごなしに考えや行動を否定されたわけではない。

充功からの双葉への思いもちゃんと通じているし、理解もされている。

それがわかったから、とりあえずは納得したようだ。

かなりふて腐れた返事だったが、「はい」は「はい」だ。

俺は充功の腕を離して、頭を撫でた。照れくさそうな目をして、唇を尖らせるところが何とも言えず可愛い。

俺は充功に向かってクスッと笑ったあと、今度は視線を双葉に向ける。

「双葉もだ。お金のことは二の次だ。就職に対して、最低でも俺と同等の理由なり野望がないなら、今は大学を考えろ。いずれにしたって、将来は働くんだ。何かしらの勤めには就《つ》くんだ。時間をかけて迷えるのは今だけだぞ」

双葉は視線を落としていたままだった。

今は思うところがありすぎて、心も頭も重いんだろう。時々上目使《うわめづか》いで俺を見るけど、その目は〝迷い〟でいっぱいだ。

双葉は双葉で頭のいい子だから、余計なことまで考えたり計算したりしちゃうんだろうな。

「父さんや俺たちはいろんな形で、これまで双葉に甘えてきた。だから、双葉も心置きなく甘えればいい。それぐらいの甲斐性《かいしょう》なら父さんにも俺にもある。今のうちは出費が多いだけで、決して収入が少ないわけじゃない。どうにでもなる」

「でも……」

大学へは行きたい。

けど、我が家の懐《ふところ》事情も気にかかる？

こんなことなら間を空けないで、すぐにでも父さんと相談をしておけばよかった。

忙しいは理由にならない。俺も反省をしていると、士郎がジリジリと前へ出てきた。

「あのさ、双葉兄さん。自惚《うぬぼ》れだったらごめんね。もしも、僕の将来のため蓄《たくわ》えなきゃって言うなら、除外していいよ。僕は自分の学費と生活費ぐらい、この頭でもぎ取るから。そこにお金がかからないって考えたら、双葉兄さんが大学へ行っても、今と生活はそう変わらないでしょう」

おお！　さすが士郎だ。言い切った。

「そもそもうちには、僕のためと称した大学費用が蓄えられてきたみたいだし、父さんは母さんの保険金にも手はつけてない。仮に僕が〝大きくなったらただの人〟になっちゃったとしても、僕が大学に行きたいって言い出す頃には、双葉兄さんは就職してるよ。そしたら僕は心置きなく、双葉兄さんの脛《すね》をかじって、大学に行かせてもらう。代わりに武蔵と七生のときは、僕も頑張って働くでいいんじゃないの？　あ、樹季は充功に見てもらうってことでさ」

確かに我が家の収入の一部は、士郎のできが違うと発覚したときから、別枠で貯金が始められていた。

学資保険の積立金も高額で、いざってときには医学部だろうが法学部だろうが好きにさせてやりたいと、父さんから充功までの意見が一致したからだ。

けど、ここまでくると、確かに士郎なら自分の頭だけで大学ぐらいは行けそうだ。

さすがに生活費まではと思うけど、士郎が大学生になるころには、双葉も立派な社会人だろう。こうなると、新規で蓄えておかないといけないのは、充功の分か？

それにしたって、かなり具体的なことを言われたためか、双葉の視線が上を向いた。

特に、万が一のときには士郎が双葉の脛をかじると宣言したのも大きい。双葉の性格からすると、代償が明確であればあるほど、覚悟ができて楽になれるからだ。

「それに、僕らからしたら寧兄さんのように高卒で大企業に入った場合と、双葉兄さんのように大卒で社会に出た場合、どういう違いが出てくるのか見て学べる。専門卒で自由業なんていう父さんもしっかり苦楽を見せてくれてるし、世間が出してくる統計なんかより、よほど将来を選択するための参考になる。もちろん、双葉兄さんが大学へ行って、何を勉強するのかにもよるだろうけど。なんにしたって、無駄になることは何一つないよ」

「士郎」

ようやく双葉の顔が上がって、俺や士郎と目を合わせた。

「――――だって。そう言われたらそうだよ、双葉。士郎の頃には、俺のお給料だってもう少し上がってるはずだし。何より父さんが現役で頑張ってくれてるんだから、心配ないって。それに、ここで甘えて頼らなかったら、父さんが落ち込んじゃうよ。大事なときにあてにしてもらえなかったって、立ち直れなくなっちゃうからさ」

「寧兄」

そもそもこんな大切な話を、父さん抜きで二度も話していることが、俺としては心配になってきた。

「俺も、できることは協力するよ。日頃から親子で世話になってるし、甘えまくってるからね」

「鷹崎さん」

しかも、この場には鷹崎部長までいた。

双葉や俺たちに心強い言葉と笑顔を向けてくれたけど、父さんが知ったらさぞやきもちを焼くだろう。この辺りは獅子倉部長が、鷲塚さんは二人の仲を知ってたのに！　って騒いだのと大差がなさそうだ。

ただ、不在の父さんには申し訳ないが、この話はここで一段落をつけておかないと双葉の迷いが晴れない。充功との仲もスッキリしない。

だから俺は、双葉に言った。

「今はまだあやふやでも、一つずつ決めていけばいい。まずは就職じゃなくて大学って決めて、考えてみたらいい。それで逆に、〃あれ、やっぱりこの仕事がいいな〃って思うなら、そのときは就職に希望を絞ったらいい。そうやって、時間の許す限り悩んだらいいんだよ」

まずは大学を受験する方向でと勧める。

あとは本人次第だ。双葉が考えて結論を出せばいい。

それを俺だけでなく、充功や士郎も望んでいる。当然父さんだって、考えは同じだろう
から、そこを双葉がきちんと理解し、納得すればいいだけだ。

変な気負いや遠慮を取っ払った上で、自分の気持ちに正直になればいいだけだ。

「本当に、いいの？　それで」

双葉の目から迷いが消えていく。

「ああ。いいよ」

「ごめんなさい」

とうとう堪え切れなくなったのか、双葉は目に留めていた涙を一気に零した。

いきなり両手をついて、頭を下げる。逆に俺を焦らせる。

「何で謝るんだよ」

「だって、俺…」

馬鹿だな、双葉。あんなに俺は、「学より食を選んだんだ」って言ってるのに。

でも、だからこそここで双葉が大学へ行ってくれないと、充功から先が同じことを言い出しかねない。変な遠慮ばかりが、伝染《でんせん》していく。

俺は、双葉の肩をしっかりと掴むと、まずは頭を上げさせた。

「謝るよりも、こうなったらすることがあるだろう。とりあえず成績を見直さないと」

「――――うん。うん」

力いっぱい抱きしめて、双葉の頭をぐりぐり撫でる。いくつになっても、やっぱり弟は可愛い。傍にいる充功も巻き込み、俺は両手に二人を抱え込んだ。

「あーんっ。ずっこよーっ。なっちゃも、ぎゅーっ」

「あ、七生くん！」

すると、いったいいつから見ていたのか、もしくは二階へは行かなかったのか!?

七生が走ってきて、俺と双葉の間から頭を突っ込んできた。

「ずるいぞ、七生！　ひとちゃん、俺も抱っこ――」

「僕も抱っこ――」

獅子倉部長が慌てて止めるも、武蔵と樹季も俺の腕や背中にしがみついてくる。

あっという間に、俺は前後左右を囲まれた。それを見ていたエリザベスまで、隙間を狙って鼻っ面《つら》を突っ込んできた。もう、笑うしかない。

「うわっ、エリザベス！　くすぐったいよ」

「えったん、くったいよぉ。きゃっははははっ」

これを見た鷹崎部長たちに、遺影と位牌を抱えていた士郎が「ラブラブ兄弟ですみません」と頭を下げていた。

「お前、入る隙ないじゃん」

「ははは」

獅子倉部長に痛いところを突っ込まれて、鷹崎部長が渇《かわ》いた笑いを漏らした。

そこへ「ただいまー」と玄関先から声がする。

「わーい！　私も入れてー!!」

父さんに連れられてリビングに入ってきたきららちゃんが、団子《だんご》状態の俺たちを見るなり飛び込んできた。

「お帰り、きららちゃん」

「バウッ」

「きっちゃもぎゅー」

「うん！　ぎゅーっ」

意味もなく抱き合っているだけなんだが、これが温かくて気持ちいい。

充功は「勘弁しろよ」とぼやいていたが、力技では抜け出さない。

それどころかきららちゃんにスペースを作って、ちゃんと中に潜《もぐ》り込ませてあげている。

「よかった。落ち着いたみたいだね」

この状況を見た父さんは、喧嘩が収まったことを一瞬で理解した。

「あ、すみません。きららがお世話をかけました」

「いえ、とんでもない。こちらこそ、寧がお世話をかけまして」

鷹崎部長と挨拶をしていると、それを見ていた獅子倉部長が首を傾げる。

「兎田くんって長男じゃなかったの？」

「いえ、俺は長男です。今帰ってきたのが父です」

「え、お父さん？　お兄さんじゃなくて、お父さん？」

俺は、ぎゅーぎゅーの中からいったん抜けて答えた。

獅子倉部長は驚きの声を上げた。

リアクションこそ違うけど、これは実年齢よりさらに若く見える父さんと初めて会った人が示す共通の驚きだ。

「父さん。この方は鷹崎部長の同期で親友の獅子倉部長。今、カンザス支社から出張でこっちに来ていて、今夜は一緒にいたんだ。そうしたら、心配して着いて来てくれて」

「それは、どうもすみません。ご心配おかけしてしまって」

「いいえ、なんてことありませんよ。しかし、そうですか。お父さまですか。いや、若いですね。俺とそう変わらないようにしか見えませんけど」

俺が改めて紹介すると、獅子倉部長は妙に浮かれていた。

「そんなことは。もう四十ですし、七人の子持ちですからね」

父さんは父さんで、相変わらずウエルカムだ。双葉たちの喧嘩が収まっていた安心も手伝い、キラキラな笑顔に拍車がかかっている。

「いやいや、全然射程距離ですよ。それにしても、美形だなぁ」

「そうですかぁ。なんだか照れるなぁ」

それにしても、獅子倉部長の対応が変だった。

「何が〝そうですか〟なんだろう」

「あの会話の下《くだ》りは、照れるところじゃねぇよな？」

「父さん、射程距離の意味がわかってないね。まあ、そのほうがいいけど」

双葉と充功と士郎も何かおかしいと感じたらしい。

でも、この三人の勘のよさは、これはこれで問題だ。世の中、子供は気づかなくてもいいことがたくさんあるのに。

「そうだ。お近づきのしるしに一杯飲みませんか。一応ご挨拶代わりに、カンザス土産《みやげ》のウィスキーを持ってきたんですよ。何せ、禁酒法の時代から密造酒が盛んだった土地ですからね。強くて美味《うま》いのが多いんです」

「いいですね。では、今夜は大人四人で少し飲みましょうか」

「あ、鷹崎と兎田くんは、今夜中に片付けたい仕事が残ってるらしいですよ」

「そうなんですか。それは残念だ。では、二人で」

「はい」

ちょっと俺の意識が逸れているうちに、なぜか獅子倉部長と父さんは、二人で晩酌《ばんしゃく》する運びになっていた。

父さんも〝俺たちは仕事〟を真《ま》に受けて、二人分のグラスとつまみだけを用意している。

「あからさまな奴だな。何が仕事だ」

「鷹崎部長。俺の中で、獅子倉部長のイメージがすっかり変わってるんですけど」

俺の中の最初の印象――マンハッタンの夜が似合いそうな獅子倉部長が、なぜか我が家のリビングにしっくりと収まっていた。

それも案内された居酒屋以上に、アットホームな我が家だ。下手をしたら、カンザスの麦畑以上にローカルな空間だ。

「本性が出ただけだろう。普段のあいつはルックス重視で気取っているが、実際はああいう奴だ。そもそもがナンパでお調子ものなんだよ。クールに見えるのは、女にモテたくて、そう見せてるだけで。意外に外見と性格の不一致に足掻《あが》いてるタイプだ」

「はぁ…。そう言えば、可愛い子がいっぱいいるお店が好きなんですもんね」

しかも、いつの間にか〝可愛い子〟の意味まで変わっている。

「んま、ちょーだい」

「俺もぉ」

「はい、どーぞ。あーん」

「あーん」

「あーん」

獅子倉部長の膝の上には、おつまみ欲しさからか、武蔵と七生がちゃっかり座り込んでいた。

「きららも、お腹すいたぁ」

「僕もそれほしい」

「どれがいいの？　これでいいの？　はい、あーんして」

「あーん」

「ふふふ。美味しい」

そして両隣には、きららちゃんと樹季がやっぱりおつまみ欲しさから座り込み、甘えて強請《ねだ》りながら分けてもらっている。

しかも、エリザベスまで獅子倉部長の脇の下から顔を突っ込んで――――、

「バウッ」

「わかったわかった。ちょっと待ってろな」

「バウン♪」

なんだか一瞬のうちに懐柔《かいじゅう》（餌付《えづ》け？）されていた。

エピローグ

怒濤《どとう》のような一夜が明けた土曜の朝。

俺と鷹崎部長は、リビングのカーテンを開けて外を見上げた。雲一つない青空が広がっていて、とても気持ちがよかった。

「この分だと、明日の運動会も大丈夫そうだな」

「はい」

何げない会話で微笑み合う。些細なことだが、こんな瞬間が幸せだ。

それが俺だけではない。鷹崎部長も同じなんだと思うと、それだけで嬉しさが増す。

「おはよう、母さん。昨夜は騒がしくてごめんね。今、お水を取り換えるからね」

俺は遺影と位牌が戻った仏壇に手を合わせた。

「しぃし、おっは・よー！」

「うわっ！」

仏壇の水を取り替えていると、昨夜は客間として使ってもらった和室から、七生と獅子倉部長の声が聞こえる。

「七生っっっ！　お客様になんてことしてるんだよっ」

「いや、平気だよ。これぐらい、なんてことはない。ほれぇっっっ」

「きゃーっっっ。くったいよーっ」

慌てて和室へ行くと、パジャマ姿の七生が得意のヒップドロップを決めた上に、獅子倉部長のお腹でバタ足をしていた。

それも獅子倉部長に脇腹をこちょこちょされながら上機嫌だ。

「あー、俺も俺も」

「僕もーっ」

「私も私もーっ」

「バウンッ」

一緒に和室に寝ていた武蔵と樹季ときららちゃん、そしてエリザベスまでもが起きると、まだ布団の中にいた獅子倉部長を囲み始める。

身体の上に乗ったり、周りをグルグルと寝転がったりして朝から大はしゃぎだ。すっかり獅子倉部長と仲良くなっている。

しかし、俺とこの様子を見ていた鷹崎部長が、なぜか眉を顰めていた。目つきも険《けわ》しい。

「どうかしましたか？」

「七生くんの洗礼《せんれい》が異常に早い。寝起きのヒップドロップは身内認定のはずなのに、どうしてあいつは初日から受けてるんだ？」

まさかの理由だった。七生に袖《そで》にされ続けた時間が長い鷹崎部長は、この差に理不尽なものを感じたようだ。

「獅子倉さんが鷹崎部長のお友達だからですよ。七生や子供たちなりに歓迎してるんだと思います」

俺のフォローに「そうかな」と言いながらも、納得していない。

子供はお客さんとか初めての人と遊びたがったりするから、不思議はないんだけど。実際、鷹崎部長が最初に家へ来たときは、七生もすぐに懐《なつ》いてたし――――。

なんて話をしていると、走り回っていた武蔵がひっくり返って、獅子倉部長の頭にエルボーをかました！

「うぐっ」

「わーっ、ごめんなさい！　おっちゃん、大丈夫？」

「いや、まだおっちゃんと呼ばれる年じゃないんだけどな。ここのキラキラなお兄ちゃんたちを見たら、おこがましくて〝お兄ちゃんと呼んでくれ〟とも言えないもんな」

悲鳴を上げかけた俺に反し、獅子倉部長はけっこう石頭？

エルボーを食らった頭は押さえていたけど、実際気にしていたのは武蔵に「おっちゃん」呼びされたほうだった。

「しぃしー」

七生も獅子倉部長の頭に手を伸ばし、痛くないか確かめている。

「ん。もう、それでお願い。おっちゃんに比べたら、そうとう有難《ありがた》い」

「いい子いい子ねー」

「ありがとう、七生くん。はーっ。それにしても、ミルクの匂いが和《なご》むなぁ。しかも、この尻がいいな～。パフパフしてて」

撫で撫でされたお返しなのか、獅子倉部長が七生を抱きしめた。替えたばかりの紙オムツの感触が気に入ったのか、しきりにお尻ばっかり撫で回す。

七生もキャッキャッしながら、お尻を振っている。

だが、それを見た鷹崎部長が、部屋の中へ入って行った。

「獅子倉。部屋に戻ったあとに空港まで送っていくから、そろそろ起きて支度しろよ」

本気でやきもちを焼いている！

なんだか俺まで七生にやきもちを焼きそうだ。

「やだ。帰りたくない」

「は？」

「ずっと住みつきたくなる心地よさ。なんなんだよ、この家は」

獅子倉部長は、布団の中でゴロゴロしながら七生のお尻をパフパフし続ける。

どうやら、かなり我が家を気に入ってくれたようだ。これを聞いた子供たちが喜び、更に身体を摺《す》り寄せた。

七生も獅子倉部長の頬に頬をピタリと寄せて、「しぃしー」と、いつも以上に大好きアピールだ。おかげで鷹崎部長の不満が、ますます大きくなっていく!?

そんな部長の心情も知らず、獅子倉部長は七生ごときららちゃんたちのことも抱きしめた。

「人間、安らぎに敵うものはない。ドキドキ、ハラハラ、刺激的なものがいいなんて思うのは、それを知らなかった俺のような独身者か、もしくはただの罰当りってことだったんだな」

そして、大きなため息をつくと、

「あーっっっ、一人でカンザスなんて嫌だーっ。もう、麦畑は見飽《みあ》きたっ!!　そもそもなんであっちの国は、ハリケーンに女の名前なんか付けてるんだよ？　被害妄想にかられてナンパもできない。ましてや竜巻街道《トルネード・アレイ》に支社を作るとか、本社の奴ら馬鹿だろう！　何がテキサスよりはマシなんだよ、一度竜巻《たつまき》に遭って死にかけてみればいいんだ。本当に牛や家が飛ぶんだからな！」

よほど過酷な目に遭い続けているのか、突然愚痴ってブチ切れた。

子供たちを抱いてごねまくり、七生たちからは「いい子いい子」「よしよし」と頭を撫でられて慰められる。

「あー。せめて癒《いや》しが、心の支えがほしい。この子たちの一人か二人連れて行きたいな。もしくはあの綺麗なお父さんとか――」

このままだと本当に一人ぐらい連れて行かれそうで、俺は慌てて獅子倉部長から七生たちを取り上げた。

「駄目ですっ！　それだけは絶対に許しません！」

「きららも駄目だぞ。当然、兎田さんもだ」

鷹崎部長までできららちゃんを抱えて、獅子倉部長に追い打ちをかける。

「えー。そんな意地悪言うなよ。本当にきついんだからな、カンザスは」

そう言ってしょぼくれた獅子倉部長より、今日だけは鷹崎部長のほうが何倍も大人げなく見えたのは、俺だけの秘密だ。

まあ、このやり取りを終始リビングから窺っていた父さんや双葉たちは、笑いをこらえるのに必死だったみたいだけどね。


みんなで朝食を摂ったあと、俺は鷹崎部長に同行して獅子倉部長を送って行った。

出張中の間借り部屋を片付け、急いで荷物を纏めて、チェックアウト。そのまま羽田空港へ向かって、ぎりぎりセーフで間に合った。

獅子倉部長は、「次は自腹で帰国する。まとめて休みが取れたら絶対に帰ってくるから、そしたらまた構ってくれ。子守もするからさ」と笑って、カンザスに戻っていった。

本当に出会ったときとは、別人の印象だ。

ただ、そんな獅子倉部長も、搭乗口へ向かったときの眼差しや後ろ姿は、とても自信に満ちていた。

同期会の日、俺が羨望《せんぼう》の眼差しで見送った部長たち稀代の東京九〇期のメンバーとまったく同じだった。凛《りん》としていて、とてもカッコいい。

『いってらっしゃい、獅子倉部長。次に会ったときは、お帰りなさいって言いますからね』

俺は、とても清々《すがすが》しい気持ちで見送ることができて、自然と笑みがこぼれた。

けど、いまだに鷹崎部長の表情が優《すぐ》れない？

空港を出た車内の中で、突然不安そうに呟く。

「あいつ、にゃんにゃんエンジェルズのＤＶＤや録画を全話そろえて送ってくれって言って、俺に金を預けていったんだけど、本気で兎田さんを狙ってるのかな」

さすがにもう、七生絡みのやきもちではなかった。

だが、これって七生絡みより深刻？

「実はアニメ好きだったたってことは？」

「一度も聞いたことがない。それに、仮にそうだとしても三十過ぎてから美少女アニメはまずいだろう。それなら兎田さんのほうが……いや、やっぱり生身のほうがまずいか」

「どちらにしても、手放しでは勧められませんね」

「だよな」

ただ、俺はナビシートから身を乗り出すも、大した返事ができなかった。

だって、ちょっと会わないうちに親友が同性の部下を恋人にしていた。

流行の美少女アニメに嵌《はま》った。同性・年上・七人の子持ちに嵌った。

どれもこれも強烈だけど、獅子倉部長聞かされた「走行中の車のボンネットに、竜巻で飛ばされた牛が落ちてきた！」という話の強烈さには、敵わなかったんだ。「それでも車ごと飛ばされたわけじゃないから幸運だった」と笑う獅子倉部長の〝幸運の基準〟が俺とは違いすぎて――。

　この先彼がアニメオタクになっても、父さんに失恋しても、さほどの不幸ではない気がした。

　何が起こっても、竜巻で飛ばされるよりはいいだろうと思えたからだ。

「まあ、そうは言っても、俺があいつにしてやれることなんて限られてるからな。とりあえず、家にあるのを送って様子をみるよ」

　果たして鷹崎部長が俺と同じことを考えたかどうかはわからないけど、後日にゃんにゃんセットは獅子倉部長の元へ送られることになった。

「それで少しでも癒されるといいですね。獅子倉部長」

「俺みたいにな」

　ふっと気が抜けたところに、極上な言葉と笑みを寄越されて、俺は身を固くする。

　丁度車が赤信号で止まって、鷹崎部長が俺のほうを向く、

「いつもありがとう。本当に、俺は幸せだ」

「部長」

すでに日が落ち始めた秋空は、一面がトワイライトに染まっていた。

朝焼けとはまた違う黄昏《たそがれ》に照らされる彼の姿に、俺の胸の鼓動が飛び跳ねる。

部長――――カッコよすぎ！

「俺も、俺も幸せです。本当にいつもありがとうございます」

こんな言葉じゃ言い足りない。俺の思い、愛は全然伝えきれない。

でも、結局これ以上の言葉を俺は知らない。

それは鷹崎部長も同じかな？

「兎田」

部長は身を乗り出すと、信号が青に変わる前にキスしてくれた。

俺も嬉しくなって、自《みずか》ら唇を押していく。

「このままじゃ事故を起こしそうだな。休んでいくか」

短いキスの終わりに、部長が言った。

「え？」

いきなりなんだろうと思ったら、部長の視線が道路沿いに建っていたホテルらしき建物に向けられた。

『うわっ！　もしかして、ラブホテル!?』

俺は部長の意図を察した瞬間、全身が黄昏よりも赤く染まった気がした。

「駄目か」

すでにうずうずし始めてしまった俺に、「駄目」なんて言えるはずがない。

俺は「いいえ。駄目じゃないです」と小声で言ってＯＫした。

これだけでも心臓がバクバクして、凄いことになっている。

「あ、でも！　明日は運動会で保護者も走るので、お手柔らかにお願いしますね」

「――――」

とはいえ、余計なひと言がせっかくのムードを台無しにするのはいつものことで。鷹崎部長は一瞬固まったが、すぐに「了解」と言って笑った。

信号が青に変わると同時に、ハンドルを切った。

おわり♡

エリザベスは見ていた！

〜三男・充功の決意〜

俺の名前はエリザベス。只今CM効果で人気沸騰中の美形大家族・兎田《とだ》家の隣に住む老夫婦に飼われるセントバーナード♂《オス》だ。

最近奥さんができて、子犬も産まれて、犬生《けんせい》順風満帆だワン。

「はぁ～ふ」

そんな俺、今日は近くのグランド公園に来ていた。

連れてきてくれたのは、充功《みつぐ》と士郎《しろう》と樹季《いつき》。あまりない組み合わせたが、これには理由があった。

「練習して卵が割れるんなら、走れば足だって速くなるだろう」

「それとこれとは違うって！」

「みっちゃん、もう無理。僕、走れないよぉっ」

「お前ら、本当に体力ないよな。でも、放っておいたら、そのままだ。とにかく走れ！　体で覚えろ!!」

「えっっっっ」

「そんな、非科学的なっ」

明日、士郎と樹季が通う小学校では、運動会がある。

士郎は頭脳明晰《めいせき》だし、樹季は女の子みたいに可愛い美少年だが、兄弟の中では運動が苦手《にがて》だ。さすがに天も四物、五物は与えないらしく、去年の運動会も散々《さんざん》だった。

クラス全員参加の対抗リレーとかあるものだから、ものの見事に足を引っ張った。

それで充功が「今年はちゃんと！」と、士郎と樹季に走り方の特訓をしていたのだ。

一見スパルタっぽいが、これは愛の鞭《むち》だ。

駄目は駄目でも努力しろ！　最低でも去年と違う自分を周りに示して、頑張ってる感だけは伝えろ！　せめて転ぶな!!　と、いうことらしい。

兄弟の中では一番派手だし、カッ飛んでるふうに見える充功だが、実は真面目だ。兄弟思いだ。いつも「こいつらをいじめていいのは、俺だけなんだよ」とか言っているが、一癖二癖《ひとくせふたくせ》ある士郎や樹季が学校でいじめられないように、常に目を光らせているのは、この充功だ。

俺はちゃんと知ってるワン！

でもって、昨夜の双葉《ふたば》との大喧嘩への経緯も、俺は全部見ていた。

あれは数日前のことだ。

「どうも、初めまして」

「兎田充功くんだよね？」

「私たち、先日連絡を頂いた者ですが」

充功が俺を連れて散歩をしていると、突然目の前に三人の男が現れた。

傍には黒い高級ワゴンがドン。男たちは揃いも揃ってダークスーツ。見るからにやばそうで、俺は警戒態勢Ｍａｘ《マックス》だ。

「ああ。はい。見るだけでいいんですよね？」

「うん。まずはそこからね」

「なら、今犬を置いてきますから」

よくわからないが、充功は俺を置いて男たちとどこかへ行こうとしていた。

「うっっっっ」

「なんだよ、エリザベス」

「うっっっっ」

俺は充功の上着を咥《くわ》えて離さなかった。絶対に一人で知らない男たちの車なんかに乗せないぞ！　と、唸《うな》りまくった。

場合によっては、引きずってでも充功を家に帰すつもりでいた。

その結果――――。

「すいません。ここで騒ぎになると、見学には行けないんで」

「いやいや、いいよ。大丈夫」

俺は充功と一緒に、高級ワゴンで都心へ向かった。

見るからにやばそうな男たちは、なんと充功を芸能界にスカウトしたという会社の担当者たちだった。

どういう話し合いがもたれたのかは謎だが、ライバル同士のはずの三社のスカウトマンたちは、一致団結していた。

とにかく一度、充功に現場を見てもらおう。少しでも興味を持って、その気になってもらおうという目的で、このツアー計画を立てたらしい。

たった数時間の間にドリーム企画、ゴールドエッグ、劇団来夢来人《ライムライト》を充功に見せて回ろうというわけだ。

行きがかりとはいえ、俺という犬連れで！

「くぅ～ん」

初めて見るだろう事務所や稽古場《けいこば》、芸能人は、俺が言うのもなんだが何か特別な空気が

いた。

特にデビュー前の稽古をしている、充功と同じぐらいの子たちの気迫はすごかった。

誰も彼もが真剣で、最初はそっけない対応をしていた充功も、次第に目を凝《こ》らすようになっていた。

「しっ。静かにエリザベス」

どことなしか、目も輝いている。これは興味が出てきたか？

「くぅん」

スカウトマンたちの目もまた、真剣そのものだ。

しかし、そんな充功が現場より何より興味を持っていたのは、実は別のことだ。

「お金さえあれば双葉は大学へ行けるんだよな。あいつ、馬鹿じゃないし。そこそこ成績もいいし。お金さえあれば――」

途中、スカウトマンたちからいろんな話をされていた充功は、帰りの車の中でぼそりと言った。

「くぉん？」

聞いていたのは、俺だけだった。

スカウトマンたちも、今日の今日で話を進めようとはしなかった。ちゃんと俺たちを家まで送り届けたあと、また改めて連絡するからと言って、笑顔で立ち去った。

充功はそれからしばらく、考えていたようだ。

すっかり日が落ちていた夕暮れ時。士郎と樹季のヘタレた声に、俺はハッとして顔を上げた。

「僕、帰るぅっっ」

「もう、無理ーっ」

「しょうがねぇな。でも、まあ頑張ったほうか。お前ら先に帰って、風呂入れ。俺はエリザベスを走らせてから、帰るから」

どうやら特訓は、これで終わりらしい。じっと待っていた甲斐《かい》もあり、これからは俺のランニングタイムだワン！

「はーい」

「ありがとう。充功」

樹季と士郎はくたくただった。

けど、士郎はちゃんと充功にお礼を言っていた。それを聞いた樹季も、ハッとしたように「みっちゃん、ありがとう」って。「明日頑張るよ」って言って先に帰った。

「おう」

充功はそっけなく答えていたが、内心嬉しいだろうな。

隠したって、俺にはわかるワン！

俺がふくらはぎを鼻先で突いたら、何ともいえない顔で頭を撫でてくれた。

「さ、走るぞ。エリザベス」

「バウンッ！」

それから照れ隠しかってぐらい、充功はグランドを何周も走ってくれた。

俺と一緒にハアハアしながら、最後はグランドの隅に座り込む。

「寧にはああ言われたけど、どうしたらいいんだろうな。エリザベス」

俺に寄りかかりながら、相談してくれた。

「くぅんっ。くぅんっ」

そんなの、やりたきゃやるだけワン！

寧もみんなも、充功が自分の意志でやるなら応援するって言ったワン！

俺は充功の背を押すように、その手をベロベロ舐めた。

「自分で考えろってか。そりゃそうだよな」

――――全然通じてなかった。

「みゃぁっ」

けど、そのときだ。充功が俺に「変な声で鳴くなよ」って言った。

「バウン？」

俺は変な声でなんて鳴いてない。何かと思い、辺りを見回した。

すると、俺たちの背後、ツツジの影に段ボール箱があることに気が付いた。

俺が立ち上がって近づくと、充功も「どうした？」って、あとを追いかけてくる。

「うわっ。やばっ…」

うっかり中を見てしまった充功が呟いた。

見るからにあやしげな箱の中には、真っ白な子猫が入っていた。

しかも、つぶらな瞳でこっちを見てきて——目が合った!!

「みゃ〜ぁっ」

か細い声で「お腹減ったよぉ」と鳴かれた瞬間、充功は無言で箱の中に両手を伸ばした。

そっ〜と子猫を抱きあげて、「もう、大丈夫だぞ」って言って俺を見る。

「いいか、エリザベス。男と男の約束だ。わかってるよな」

「くぉん!?」

突然のことに動揺する俺。いったい、何のことだかわからない。

しかし、俺の動揺なんて、可愛い子猫のひと鳴きには敵わなくって。

充功は子猫を抱えて、俺のリードを引っ張った。

そして、猛然と走って公園をあとにすると、

「とにかく、間に合わせに七生《ななお》のミルクを持ってくるから、ちゃんと見といてくれよ」

俺の犬小屋に、俺と子猫を残して立ち去った。

そして、ようやく気づく男と男の約束の謎。

えええ————っ！　マジかよ、充功っっっ！

「みゃあっ〜」

茫然《ぼうぜん》と立ち尽くす俺の懐《ふところ》に、無邪気な子猫が寄ってくる。

俺を母猫に間違えるのはないとしても、メスと間違えてるのか、乳《ちち》を探ってきた。

そして、乳を見つけるとハムッと咥えて、

「みゃあ〜」

「ウォォォォン」

くすぐったくて、手も足も尾っぽも出ない俺！

まさか、張り飛ばすわけにもいかないし、ハムハムされてもひたすら耐える。

しかも、こんなときに限って、家の中からばばが出てきた！

「あらあら、帰ってきてたのね。エリザベ…」

「みゃっ」

「バウッ」

一分にして、男と男の約束は崩壊した。赦せ、充功。子猫はばばに見つかった！

「エッ、エリザベスっっっ!!　あなたまた生ませたのっっっ!!」

しかし、ここから更に予想だにしない展開が巻き起こった。

ええええ――――っ!?

どうしたらそうなる!?　ばばっ！

「おじいさん！　おじいさん、エリザベスがっっっ」

「バウバウバウッ！」

ちょっと待て、ばばっ！

そんなわけないだろう！

俺は犬だ！　正真正銘セントバーナードの♂《オス》犬だ！

しかも現在、新妻に六匹の子持ち。そもそも浮気なんかしたらエルマーに絞められるってっっっ!!

「わおーんっっっ」

それなのに、ああそれなのに！

「みゃぁ～っ」

子猫はすっかり俺の乳が気に入ってしまったのか、離れなくなった。

小さな肉球ですりすり、ふにふにしてきて…可愛いなぁ～。

――――って、それどころじゃない!!

「みゃぁっ」

「くぉ～んっっっ」

鳴きたいのは俺のほうだ。いったい俺は、どうしたらいいんだ？

早く戻ってきてくれ、充功。今はお前だけが頼りだっっっ!!

「なんだと、エリザベスが子猫まで生ませた!?」

「そうなのよ、おじいさん！　はっ！　兎田さんにも知らせなきゃ!!」

「ふほぉんっ!?」

だが、俺の心の中の悲鳴など届くはずもなく、子猫の話は瞬く間に兎田家内にも広がった。充功は七生のミルクを拝借《はいしゃく》するどころじゃなくなったらしく、「どうしたんですか」と言って見に来たパパの背後で、真っ青になっている。

やはい。やばい。やばいよーっっっ。

この先いったい、どうなるんだワン⁉
前途多難な俺――エリザベス（だから犬だ！）だった。

おわり♡

あとがき

こんにちは。このたびは本書をお手にしていただきまして、誠にありがとうございます。大家族も四冊目となりました。これも皆様のおかげです。本当に感謝しております。

今回も大家族ならではの「愛とぬくもり」を込めてみましたが、いかがでしたでしょう。

そして、「また微妙な終わり方しやがって」とお叱《しか》りを受けそうですが、次回こそ正規のＢＬらしくラブホテルからスタートだ！　なんて思っておりましたら、担当さんから「魅かれるのは、運動会と修学旅行かな」というメールが!!　あれ？　ベッドで運動はスッ飛ばし？　主役カプすらスッ飛ばしですか!?　でも、これがセシル・クオリティ（笑）。

このままいったらＢｏｙｓ《ボーイズ》・Ｌｏｖｅｌｙ《ラブリィ》どころかＢｒｏｔｈｅｒｓ《ブラザーズ》・Ｌｏｖｅ《ラブ》!?（それでもＢＬ頭文字はかろうじてはキープ！）鷹崎《たかさき》はもとより、寧《ひとし》だってすっかり発情期なのにねぇ（笑）。とはいえ、毎回地味に二人の恋は成長しているんです。ちびっ子まみれで霞んではいますが、そもそも子供たちを蔑《ないがし》ろにするような人間同士だったら、お互いに惹かれたりはしないでしょうし、根本から話が成り立ちませんものね。

ただ、本来の私は、こうした細かなエピソードを積み重ねて人間関係を深め、世界観を広げていくのが好きなので、こうして巻を重ねられたことには感謝が絶えません。メインカプの恋がこの調子ですから、双葉《ふたば》なんてこの先どうなることやらですが…(汗)。

それでも許していただける限り、この大家族を育てていけたらなと思います。

まあ、ほっといても個人的にベス本を書いてますし、今は「兎田士郎《とだしろう》武勇伝本」を企《たくら》んでいるんですけどね(笑)。あと、簡単ですが「兎田家の間取り」も製作しました。HPで公開中です。本書と照らし合わせていただけたら、一層ご近所感が増すかと思いますので、よかったら見てみてくださいね！　ネットで見られない方（見た方も）は、編集部経由で「宛名と切手付きの返信用封筒」を送っていただければ、ペーパーにして送ります。そのさい感想やリクエストつきだと、嬉しくて愛犬と踊ります(笑)。

最後になりましたが、今回も目にしただけで笑みが浮かぶような大家族を描いてくださったみずかね先生、そして、常にぶれのない価値観で改稿指示をくださる（おかげで私のシュールな部分はちゃっちゃと取り除かれていく）担当様、ありがとうございました。

また大家族本で、他の本で、皆様とお会いできたら幸《さいわ》いです。

日向唯稀《ひゅうがゆき》

セシル文庫をお買い上げいただき、ありがとうございます。
この本を読んでのご意見・ご感想・ファンレターをお待ちしております。

☆あて先☆
〒154-0002　東京都世田谷区下馬6-15-4
コスミック出版　セシル編集部
「日向唯稀先生」「みずかねりょう先生」または「感想」「お問い合わせ」係
→EメールでもOK!　cecil@cosmicpub.jp

セシル文庫

上司《じょうし》と激愛《げきあい》 ～男系大《だんけいだい》家《か》族物語《ぞくものがたり》４～

【著 者】 日向唯稀《ひゅうがゆき》
【発 行 人】 杉原葉子
【発 行】 株式会社コスミック出版
〒154-0002　東京都世田谷区下馬 6-15-4
【お問い合わせ】 - 営業部 -　TEL 03(5432)7084　FAX 03(5432)7088
- 編集部 -　TEL 03(5432)7086　FAX 03(5432)7090
【ホームページ】 http://www.cosmicpub.com/
【振替口座】 00110-8-611382
【印刷／製本】 中央精版印刷株式会社